Hannah

Es ist Sonntag und ich sitze wie immer in meiner gemütlichen Leseecke, die ich mir liebevoll mit Kissen und Decken eingerichtet habe. Fast meine ganze Freiheit verbringe ich dieser Ecke, meine Wohlfühloase. Ich liebe es zu lesen, mich in den Geschichten zu verlieren, mit zu fiebern, zu weinen, wenn es traurig ist, sich zu freuen, wenn es was zu feiern gibt. Das Lesen katapultiert mich in eine andere Welt, meistens in ein Liebesdrama mit Happy End. Für eine kurze Zeit bin ich diese Person, die sich unsterblich verliebt, die alles dafür tut, dass diese, vorerst einseitige Liebe, erwidert wird, die durch Höhen und Tiefen geht und die am Ende ihr Glück gefunden hat bis ans Ende ihrer Tage.

Ich weiß das hört sich im ersten Moment schrecklich an aber ich bin keine frustrierende Jungfrau, die mit ihren fünf Katzen, in ihrem Sessel mit Häkeldeckchen sitzt und drauf wartet, dass jemand mich erlöst.

Oh nein, ich bin eine junge, bodenständige Frau, Anfang Dreißig, wohne mit meiner besten Freundin in einer schönen, gemütlichen Wohnung mit Dachterrasse. Arbeite als Assistentin in einer renommierten Anwaltskanzlei alles perfekt, ihr merkt schon da kommt ein Aber...aber ich bin immer noch Single. Versteht mich nicht falsch, ich bin gerne Single oder auch nicht, ich weiß es nicht so genau, der „Richtige", was auch immer das heißen soll, ist mir immer noch nicht über den Weg gelaufen sehr zum Leidwesen meiner Eltern, die mich jedes Mal löchern, wenn ich sie besuche, was die Besuche zu meinen Eltern immer seltener werden lassen. Auch Claire, meine Mitbewohnerin, ist der Meinung, dass ich mich zu sehr auf Mister Right in meinen Büchern fixiere, denn den gibt es nicht. Ich sollte mehr ausgehen, dass ein oder andere One-Night-Stand wagen aber genau da liegt das Problem, ich kann das nicht, ich bin nicht Claire, die sobald sie einen Raum betritt die Blicke auf sich zieht, die Männer ihr scharenweise zu Füßen liegen sobald sie mit den Fingern schnippt.

Claire ist eine schlanke Person, lange blonde Haare, blaue Augen, hat eine klasse Figur und ihre schlanken, langen Beine machen das Bild komplett. Wegen ihrem Aussehen wird sie oft schnell in eine Schublade gesteckt aber Claire ist kein Dummerchen, sie ist gebildet, schlau und schlagfertiger als es anfangs den Anschein hat. Sie ist Redakteurin in einem „Klatschblatt", ist immer auf dem neuesten Stand was Mode oder Trends angeht und bestens informiert über das Leben der Stars und Sternchen. Durch ihren Beruf steht sie oft ganz oben auf der Gästeliste von Partys, zu denen sie mich das ein oder andere Mal gerne mitnimmt.

Aber um noch mal zu meinem „Problem" zurück zu kommen, One-Night-Stand sind nichts für mich, ich gehöre zu der Sorte Frau, die sich zu schnell in jemanden verliebt, die dann zu schnell verzeiht und sich das ein oder andere gefallen lässt, weil ich die Welt dann mit meiner rosaroten Brille sehe. Ich investiere meine ganze Zeit in diese Beziehung, auch wenn es dann vielleicht noch keine ist, laut dem Motto was nicht ist kann ja noch werden, ich muss mich nur genügend anstrengen und meinem Partner die Welt zu Füssen legen. Meine bisherigen Beziehungen sind meistens auch daran gescheitert, mein letzter Freund Elias hat mich verlassen, weil er der Meinung war ich hätte mich selbst verloren, ich hätte zu sehr geklammert und wäre nicht mehr die, die er anfangs kennen und lieben gelernt hat, ich wäre zu einer Person geworden, die immer mehr seiner Mutter ähneln würde. Er hat nach einem Jahr die Beziehung beendet, mit der Begründung er braucht mehr Freiraum und nicht jemand der ihn bemuttert. Hallo was soll denn diese Aussage, die ihn bemuttert, ich wollte doch bloß alles richtig machen. Ich habe das damals nicht verstanden, wie meinte er das, ich war doch immer für ihn da, habe alles für ihn gemacht, er brauchte nur anzurufen und ich habe alles stehen und liegen lassen. Aber genau das war das Problem, Claire musste sich diesen Herzschmerz nächtelang anhören, sie war immer für mich da, hielt die Schachtel Taschentücher, das Schokoeis mit extra Portion Sahne bereit und hörte zu. Aber nach einigen Wochen, platzte ihr dann auch der Kragen. Wir saßen wie üblich auf der Couch in unserem Wohnzimmer, ich verfloss wieder in meinem Selbstmitleid und suchte nach Fehlern und war mir keiner Schuld bewusst.

Doch Claire schnaufte nur und sagte: „Hannah, reiße dich mal zusammen, ich als deine beste Freundin darf so mit dir reden, ich habe mir das jetzt lange genug angehört aber ich habe die Nase voll. Du bist doch selber Schuld an dieser Misere, dir passiert das jedes Mal, jedes Mal, wenn du jemanden kennen lernst bist du sofort Hals über Kopf in den Typen verliebt, steigerst dich so in eine Beziehung rein und frisst den Typ mit Haut und Haaren, die haben nicht einmal die Chance sich Gedanken zu machen ob sie überhaupt eine Beziehung mit dir eingehen wollen.“

Ich schaue Claire mit großen Augen an und erwidere: Wie ich fresse sie mit Haut und Haaren, die wissen nicht ob sie eine Beziehung mit mir wollen, ich zwinge doch niemanden bei mir zu bleiben“.
„Irgendwie schon Hannah, du machst schon Zukunftspläne nachdem ihr eine Woche zusammen seid, du musst so viel Zeit mit ihnen verbringen, dass du sie eigentlich schon vergraulst. Du verhältst dich wie ein Stalker, sorry Süße aber einer muss es dir mal sagen.“

„Ein Stalker? Ich bin doch kein Stalker, ich fahre niemandem hinterher, beobachte niemandem stundenlang im Gebüsch oder verfolge sie im Internet."

„Das vielleicht nicht aber du bist nicht mehr du selbst, wenn du meinst verliebt zu sein, du bist wie besessen davon ein Leben zu führen, wie die in deinen Büchern, aber das Leben ist nicht wie ein Buch, klar muss man investieren aber jeder braucht seine Privatsphäre, jeder braucht Zeit für sich aber du engst deine Partner ein und diese suchen das Weite." Claire fügte noch hinzu: „Schau doch mal auf deine letzten Beziehungen zurück und mach dir klar was da falsch gelaufen ist." Ich stockte: „ich bin also schuld, die ganz Zeit über war es meine Schuld, ich habe alles kaputt gemacht, weil ich immer mehr wollte als die?" „Es tut mir leid Hannah, aber du solltest lockerer werden, nichts überstürzen, mal abwarten was kommt, nicht immer sofort die Zügel in die Hand nehmen einfach mal den Mann machen lassen und abwarten wie die Sache sich entwickelt."

„Vielleicht hast du Recht, vielleicht habe ich mich wirklich zu sehr verbissen in den Gedanken endlich Mr Right zu finden." Claire nahm mich in die Arme: „Oh Süße, auch du wirst ihn finden, den Richtigen aber nicht auf Teufel komm raus und jetzt Schluss mit dem rum Geheule, jetzt trinken wir einen Schnaps und lassen das Ganze hinter uns. Am Samstag steigt eine Party und da lassen wir beide es mal wieder so richtig krachen und mischen die Männerwelt mal so richtig auf."

Seit diesem Gespräch sind schon einige Monate vergangen, klar haben wir die Sau raus gelassen an dem besagten Samstag, Claire hatte auch prompt wieder einen Typen abgeschleppt ohne Verpflichtungen. Nur ich konnte mich nicht auf was Zwangloses einlassen.

Ray

Dieses stechende Pochen und Klopfen in meinem Kopf lässt mich aus meinem unruhigen Schlaf aufwachen. Ich blinzele und stelle erleichtert fest, dass ich in meinem Bett liege, wie ich gestern nach Hause gekommen bin, weiß ich nicht mehr so genau. Ich weiß nur noch, dass ich gestern mit meinem besten Freund Pete in unserem Stammlokal das ein oder andere Bier getrunken habe, als sich eine Gruppe junger attraktiver Frauen mit kurzen Röcken und tiefen Einblicken zu uns gesellten.

Die Rothaarige mit ihren grünen Katzenaugen hat mir immer wieder eindeutige Blicke zu geworfen, sie machte keinen Hehl daraus, dass sie an mir interessiert ist. Sie warf sich mir regelrecht an den Hals, so kam es dann dazu, dass wir irgendwann wohl in meinem Bett landeten. Viel geschlafen haben wir nicht, ich habe es ihr so richtig besorgt, bis wir dann erschöpft eingeschlafen sind.

Moment ich bin eingeschlafen? Wo ist sie? Ich kann mich nicht erinnern, dass sie gegangen ist. Diese Feststellung lässt mich dann doch schneller wach werden, ich drehe mich um und sehe rote lange Haare, die wie ein Fächer über dem Kissen liegen. Scheiße, solche Situationen versuche ich immer zu vermeiden. Wie werde ich sie wieder los? Frauen bleiben nicht bei mir, sie übernachten nicht hier, Gott bewahre sie frühstücken nicht hier, sie darf nicht hier sein. Normalerweise nehmen die Frauen mich mit zu sich, verwöhne sie so lange bis sie mich bitten sie mit meinem Schwanz zu erlösen und wenn sie dann zu frieden einschlafen, schleiche ich mich ohne Nachricht weg.

Die Frauen wissen vorauf sie sich einlassen, sie wissen, dass es nur für eine Nacht ist und diese Nacht wird sich nicht wiederholen. Ich habe einen gewissen Ruf zu verteidigen und eine Beziehung kommt für mich nicht in Frage obwohl ich weiß, dass die eine oder andere Frau meint sie sei die einzig Wahre und wurde mich zur „Vernunft" bringen.

Und jetzt liegt sie neben mir, ich schaue auf mein Handy, sechs Uhr, in ein paar Stunden muss ich im Büro sein. Mit einem Ruck stehe ich auf, gehe auf ihre Seite, packe ihre Sachen zusammen und wecke sie unsanft. Sie reißt erschrocken die Augen auf, etwas benommen sieht sie mich an, ein Lächeln schleicht sich in ihr Gesicht. „Hey, guten Morgen, du willst wohl da weiter machen wo wir gestern aufgehört haben?" „Nein, du kannst dein Zeug zusammenpacken und von hier verschwinden. Wenn ich aus der Dusche komme, bist du weg", entgegne ich ihr barscher als gewollt. Erschrocken aber auch schnell wieder gefasst, wirft sie die Decke zur Seite, greift nach ihren Sachen und zieht sich wütend an. „Du Arschloch", beschimpft sie mich, „wer glaubst du eigentlich wer du bist, he"? „Süße, jetzt tu doch nicht so als hatte es dir nicht gefallen, wir hatten unseren Spaß und jetzt mach einen Abflug!" Während ich in Richtung Bad verschwinde, höre ich wie sie durch den Flur zur Haustür stampft. Die Tür fällt ins Schloss. Ruhe. Zufrieden stelle ich mich unter die warme Dusche und lächle, die werde ich wohl so schnell nicht mehr sehen.

Nach der Dusche, suche ich mir einen Anzug aus, mache mir noch schnell einen Kaffee, für ein Frühstück reicht die Zeit leider nicht mehr und mache mich auf den Weg ins Büro.

Dort angekommen teilt mir meine Sekretärin mit, dass mein Vater mehrmals angerufen hat. Das hat mir noch gefehlt, wir stehen in keinem guten Verhältnis, er ist ein renommierter Anwalt, der aus dem Nichts eine erfolgreiche Kanzlei aufgebaut hat. Tag und Nacht hat er in dieser Kanzlei verbracht sehr zum Leidwesen seiner Familie. Meine Mutter hat sich immer hingebungsvoll um mich gekümmert. Sie organisierte Geburtstage, tröstete mich bei aufgeschürften Knien, kam zu meinen Fußballspielen. Meinen Vater hat das alles nicht interessiert, für ihn zahlte nur die Firma.

Erst als er hörte, dass ich auch Jura studierte, wurde ich wieder interessant aber dieses Interesse legte sich schnell wieder als ich ihm mitteilte, dass ich nicht für ihn arbeiten werde. Meine Mutter starb in meinem dritten Jahr an der Uni an einem Herzinfarkt aber für mich ist sie an einem gebrochenen, einsamen Herzen gestorben. Das trage ich meinem Vater immer noch nach.
Ich stecke den Zettel mit den Nachrichten von meinem Vater in die Hosentasche, mit der Absicht es bis auf weiteres zu verschieben.

Hannah

Im Büro hatte ich diese Woche sehr viel zu tun, als Assistentin eines Anwalts und Gründer einer solch großen Kanzlei wird einem so einiges abverlangt. Er ist ein erfolgreicher, strenger, etwas angsteinflößender Mann, der für seine Firma lebt. Was das angeht kennt er kein Erbarmen und nimmt seine Angestellten hart ran, aber er ist fair. Ganz nach dem Motto, ohne Fleiß keinen Preis. Wenn man für Mr. Cooper arbeitet, muss man tausend Prozent geben, das Privatleben kommt etwas zu kurz aber am Ende lohnt es sich. Als Angestellter von Mr. Cooper hat man einen gewissen Ruf, die Mandaten suchen sich nicht ihn aus, sondern eher umgekehrt.

Ich arbeite seit fünf Jahren für Mr. Cooper, kenne seine Launen, weiß wann er einen Kaffee braucht, welches Telefonat wichtig ist und welches abgewürgt wird. Er ist schon im Büro, wenn ich morgens anfange und wenn ich abends gehe ist er immer noch beschäftigt. Manchmal habe ich das Gefühl er schläft auch in seinem Büro.

Als er mich bittet in sein Büro zu kommen und hinter mir die Tür zu schließen, bin ich dann doch etwas aufgeregt. Er zeigt auf den Stuhl vor ihm und bittet mich, mich hin zusetzen. „Hannah, sie sind jetzt schon lange meine Assistentin und ich mochte etwas mit ihnen besprechen. Natürlich weise ich sie daraufhin, dass dieses Gespräch vertraulich ist". Ich nicke und rutsche nervös auf meinem Stuhl hin und her. „Ich spiele mit dem Gedanken kürzer zu treten, besser gesagt hat mein Arzt es mir empfohlen." „Aber Sir…" „Ich weiß Hannah, auch mir fällt es nicht leicht, wie sie wissen habe ich diese Kanzlei aus dem Nichts aufgebaut, keiner hat daran geglaubt, dass ich es schaffe aber ich habe es geschafft, machen sie sich keine Sorgen, ich sorge dafür, dass sie dieser Kanzlei erhalten bleiben, solch gute Mitarbeiter wie sie braucht diese Firma".

Etwas geschockt frage ich ihn dann: „Wer wird den ihren Platz einnehmen? Wissen sie schon wer das alles übernehmen wird"? ich kann es immer noch nicht fassen, ich habe nie einen Gedanken daran verschwendet, dass Mr. Cooper mal aufhören wurde. Er faltet seine Hände und sagt dann:„Ich spiele mit dem Gedanken meinen Sohn zu fragen, auch er ist ein fantastischer Anwalt und ich kann mir gut vorstellen wie er diese Firma leitet". „Ihr Sohn"? platzt es mir raus, „Bei allem nötigen Respekt, aber ich glaube nicht, dass ihr Sohn diese Kanzlei führen wird". „Das lassen sie mal meine Sorge sein, sie können jetzt auch Feierabend machen und Hannah denken sie dran dieses Gespräch bleibt unter uns".

Verwirrt stehe ich auf, verlasse sein Büro, fahre den Computer runter und mache mich auf den Weg nach Hause. In Gedanken, lasse ich dieses Gespräch Revue passieren und stelle fest, dass es mich doch sehr beschäftigt. Sein Sohn, dieser Aufreißer, soll die Kanzlei übernehmen? Wie soll das gehen? Er soll eine Koryphäe in seinem Metier sein, ein Spitzenanwalt, sein Ruf als Anwalt ist tadellos aber sein Ruf als Mann macht mir Sorgen. Er soll arrogant sein, Frauen reihenweise verführen nur um sie dann Gefühl am anderen Tag unsanft abzuservieren. Und so jemand soll mein neuer Chef werden? Gut ich bin da um zu arbeiten und nicht um mit ihm ins Bett zu steigen aber trotzdem werde ich dieses mulmige Gefühl nicht los, dass da noch einiges auf mich zu kommt.

Ray

Es ist Freitagabend, erschöpft komme ich nach einem langen Arbeitstag und einer anstrengenden Woche nach Hause. Ich schließe die Tür auf, streife die Schuhe ab und entledige mich meiner Krawatte auf dem Weg zur Küche. Ich brauche jetzt einen starken Kaffee um wieder zu mir zu kommen. Ich arbeite in einen kleinen, aber gutgehenden Kanzlei, wir übernehmen nur Fälle, die aussichtslos wirken, an die sich keiner ran traut einzige Bedingung wir müssen davon überzeugt sein, dass der Mandant unschuldig ist. Meistens rauben diese Fälle uns unseren letzten Nerv oder bringen uns zu unserem Limit aber meistens lohnt es sich umso mehr, wenn wir in die glücklichen und hoffnungsvollen Gesichter unserer Mandanten und deren Familien schauen, Frauen, die froh sind ihre Männer nicht für zwanzig Jahre zu verlieren oder Kindergesichter, die nicht ins Heim gesteckt werden weil die Mutter fälschlicherweise verurteilt wird.

Ich sitze in der Küche in Gedanken vertieft als es klingelt. Das kann nur Pete sein, der mich schon seit Tagen nervt mal wieder auszugehen, um ein paar Bräute klar zu machen. „Mann, Alter, ich bin gerade erst nach Hause gekommen..."mache ich maulend die Tür auf, aber da steht nicht Pete, sondern mein Vater. „Was verschafft mir die Ehre?" sage ich in einem abfälligen Ton, er war noch nie hier umso mehr bin ich auf der Hut. „Darf ich nicht mal meinen Sohn besuchen?" „Sorry, Dad aber ich denke du verstehst, wenn ich jetzt keinen Freudenschrei mache, dich plötzlich hier zu sehn. Was willst du?" „Ich muss mit dir reden und da du mich nicht zurückrufst und nicht auf meine Nachrichten reagierst, bleibt mir nichts anderes übrig als hier vorbeizukommen. Aber müssen wir das jetzt hier zwischen Tür und Angel diskutieren, willst du mich nicht rein lassen, Junge?" Schon bei diesen Worten stellen sich meine Nackenhaare auf, widerwillig öffne ich die Tür und lasse meinen Vater rein.

Er folgt mir in die Küche, ich drehe mich zu ihm um, breitbeinig, mit den Armen vor der Brust verstärkt schaue ich den alten Mann an und sage:" Also, du wolltest mit mir reden schieß los!"
„Ok ich sehe schon, du kannst es nicht erwarten, mich wieder los zu werden also komme ich direkt zum Punkt. Raymond ich bin krank und ich werde die Kanzlei aufgeben um noch etwas von meiner verbleibenden Zeit zu profitieren. Ich möchte noch mit Caroline verreisen, etwas Zeit mit meinen Kindern verbringen". Caroline ist Dads neue Frau. „Und was hat das mit mir zu tun"? „Ich möchte, dass du meine Kanzlei übernimmst." Habe ich das richtig gehört mein Vater möchte, dass ich seine Kanzlei übernehme? „Hast du gerade gesagt, ich soll deine Firma übernehmen"? frage ich verdutzt. „Jetzt komm schon Junge, ist das so abwegig, du bist mein Sohn für wen habe ich das alles denn gemacht? Glaubst ich verkaufe es an den Meistbietenden? Für mich war noch immer klar, dass du die das alles mal übernehmen wirst, ein Familienunternehmen so zu sagen".
„Ich weiß nicht was ich dazu sagen soll, Dad, versteh mich nicht

falsch aber all die Jahre hat es dich nicht wirklich interessiert was aus mir geworden ist. Du hast dich nie hier blicken lassen und jetzt stehst du hier und sagst du bist krank und ich soll das Unternehmen übernehmen, sorry Dad aber das kann und will ich nicht". Was erwartet er von mir, denkt er wirklich, wenn er mir erzählt, dass er krank ist, dass ich ihm alles vergebe und mit Kusshand die Firma übernehme da hat er sich aber geirrt.

„Raymond, ich habe deine Karriere all die Jahre verfolgt, du bist ein herausragender Anwalt, dein Ruf eilt dir voraus, es steht außer Frage, dass du in meine Fußstapfen treten wirst." „In deine Fußstapfen treten? Nein Dad, ich habe bereits einen tollen Job und ich bin verdammt nochmal gut darin und nicht, weil ich dein Sohn bin, nein Dad, ich habe das alleine geschafft ohne deine Hilfe, ich brauche nicht in deine Fußstapfen zu treten, ich bin jetzt schon ein viel gefragter, erfolgreicher Anwalt auch ohne deine Kanzlei. Sorry aber ich glaube es ist besser du gehst jetzt.

„Beruhige dich Raymond, hör mich an, ich möchte, dass DU diese Kanzlei übernimmst eben, weil DU ein Spitzenanwalt bist und dazu noch mein Sohn. Bitte Raymond denke drüber nach, es ist mir sehr wichtig. Ich weiß ich habe so einiges falsch gemacht, aber Junge lass es mich wieder gut machen. Ich weiß ich hatte mehr Zeit mit dir verbringen sollen, für dich da sein sollen als deine Mutter starb aber ich konnte es nicht. All die Arbeit und Zeit die ich in die Kanzlei gesteckt habe, lass sie nicht umsonst gewesen sein".

All die Jahre habe ich mir genau das von ihm gewünscht, ich habe immer gehofft, dass er mich sieht, dass ich ihm wichtiger sei als seine Firma und jetzt steht er vor mir mit diesem Geschichtsausdruck. Er bittet mich um Hilfe. Ich weiß nicht was ich sagen oder tun soll, ich fahre mir mit der Hand durch die Haare schaue meinen Dad in die Augen, in sein besorgtes Gesicht, wie schwer muss es ihm gefallen sein zu mir zu kommen. Wie krank ist er, wenn er sich die Mühe macht zu mir zu kommen und mir seine Firma anzuvertrauen. Er hat alles geopfert für die Firma und jetzt steht er in meiner Küche und will sie mir schenken.

„Dad, lass mich darüber nachdenken, ich muss es mir überlegen, lass mir etwas Bedenkzeit, ok"?

„Ich kann mir denken, dass das alles etwas zu viel ist im Moment, komm doch nächste Woche in mein Büro, dann können wir in Ruhe darüber reden aber bitte lass es dir durch den Kopf gehen".

Er dreht sich um und macht sich auf den Weg zur Haustür, öffnet sie und dann im Flur dreht er sich nochmal um und sagt:" ich möchte, dass du weißt, egal wie du dich entscheidest ich bin stolz auf dich, ich hatte dir das schon lange sagen sollen".

Verblüfft schaue ich ihn an, ich kann nichts dazu sagen und nicke nur. Er hebt die Hand zum Abschied und geht. Ich bleibe noch eine Weile in der Tür stehen, die Gedanken überschlagen sich, ich brauche einen Drink, zieh mir meine Schuhe an, schnappe mir meine Schlüssel und verlasse meine Wohnung.

Hannah

Als ich zur Tür reinkomme wartet Claire bereits auf mich. „Wo bleibst du denn? Wir wollten doch zum Italiener und anschließend in die Fabrik. Hast du vergessen, dass wir meinen Artikel feiern wollten?"

Verdammt das habe ich total vergessen, dieses Gespräch mit Mr. Cooper hat mir mehr zugesetzt als ich dachte, ich bin danach noch in den Park gegangen um einen klaren Kopf zu kriegen und hab wohl die Zeit vergessen.

„Claire es tut mir so leid aber im Büro war die Hölle los" log ich sie an, „aber ich beeile mich, versprochen, mach doch schon eine Flasche Sekt auf und bevor du mich vermisst bin ich bei dir." Ich eile in mein Zimmer, ziehe mich schnell um, im Bad kämme ich mir die Haare und frische mein Makeup nochmal auf und schon eile ich wieder zurück zu Claire, die schon an ihrem Glas Sekt nippt.

„Siehst du da bin ich", lächele ich sie an. „Ist alles okay bei dir, du siehst so aus als würde dich etwas beschäftigen"? fragt sie mich. „Quatsch, nein alles gut, bin nur etwas abgehetzt aber jetzt genug von mir jetzt wird gefeiert." Ich schnappe mir mein Glas Sekt und trinke es in einem Zug aus. Bist du sicher, wenn du heute keine Lust auf Feiern hast, können wir das auch auf ein anderes Mal verschieben", sagt sie etwas skeptisch und schaut auf mein leeres Glas. „Nein heute ist dein Abend und den lassen wir uns nicht vermiesen, los komm schon, sonst schnappe ich mir alleine die süßen Jungs in der Fabrik" „das brauchst du mir nicht zweimal sagen", schon fällt die Tür ins Schloss und wir sind auf dem Weg zu unserem Lieblingsitaliener.

Später in der Fabrik ist die Hölle los, kein Wunder, der Club hat sich zu der angesagtesten Location entpuppt. Jeder der auf gute Musik, Cocktails und Spaß steht, trifft sich in der Fabrik. Claire und ich gehen öfters hin, ich tanze für mein Leben gern und Claire flirtet sehr gerne und kommt in der Fabrik auf ihre Kosten. Es kommt häufiger vor, dass sie die Fabrik schon früher verlässt und wir nicht zusammen nach Hause gehen aber das stört mich nicht, weil immer jemand aus unserem Freundeskreis in der Fabrik ist. Auch heute sehe ich unsere Freunde in der Nische sitzen, wie sie sich wild unterhalten, Sarah und Janine haben uns gesehen und winken uns zu. Wir bahnen uns unseren Weg frei und setzen uns dazu. Josh und Ben sind so in ein Gespräch vertieft, dass sie erst später bemerken.

Claire hat schon jemanden an der Theke entdeckt und ruft mir zu: „Ich besorge uns mal was zu trinken". Ohne auf meine Antwort zu warten ist sie schon weg, da kann ich noch lange auf meinen Drink warten befürchte ich. Aber ich bin ganz froh, dass Claire weg ist, auch vorhin beim Italiener musste ich mich sehr auf unser Gespräch konzentrieren, mit den Gedanken war ich immer noch beim Gespräch mit Mr. Cooper. Plötzlich drückt mir jemand was in die Hand, ich schaue auf und sehe wie Mar, einer unserer Freunde, versucht mir ein Hugo zu geben. „ich habe dich ein paar Mal gefragt und da ich keine Antwort bekommen habe, habe ich dir ein Hugo mitgebracht. Das ist doch dein Lieblings Getränk oder"? „Eh ja, Danke, sorry ich war in Gedanken ich habe dich nicht gehört". „Kein Problem, aber ich glaube, dass Claire dir noch was bringt kannst du vergessen", meint er grinsend und dreht seinen Kopf Richtung Theke wo Claire sich sehr angeregt mit einem Typen unterhallt. Sie hat ihre Hand auf sein Knie gelegt und lacht viel wahrendessen wirft sie in regelmassigen Abstanden ihren Kopf in den Nacken so dass ihre Haare nach hinten fallen, ein Zeichen dafür, dass der Typ ihr gefällt. „ja ich glaube ich muss heute wieder alleine nach Hause gehen", sage ich zu Ben. Dieser nickt nur.

Als ich wieder den Blick zur Theke richte, fällt mir ein junger Mann auf. Er passt nicht so richtig ins Bild, er trägt einen Anzug, was in der Fabrik etwas overdressed ist, er sitzt auf einem Hocker mit einem Bier in der Hand und starrt vor sich hin. Das faszinierende ist aber nicht, dass er einen Anzugträgt, nein er sieht heiß aus. Es ist in Bild von einem Mann. Sein Haar ist zerzaust aber so als müsste es so sein. Sein Gesicht hat was Geheimnisvolles. Er hat braune Augen, wenn ich das richtig von hier aus sehen kann, seine Nase ist perfekt und sein drei Tage Bart sieht gepflegt aus. Diese Lippen.... halt Stopp was ist denn jetzt mit mir los, warum starre ich diesen fremden Mann, aber ich kann auch nicht wegsehen. Er führt sein Bier zu seinen Lippen, öffnet sie und meine öffnen sich automatisch mit … Hannah du musst wegen sehen bevor du sabberst, meldet sich meine innere Stimme. Ich senke meinen Kopf und als ich wieder hochschaue, sehe ich wie eine Rothaarige den jungen Mann anspricht. Mein Körper verspannt sich, die beiden tauschen einige Wörter aus und dann sehe ich wie die Frau wütend weggeht. Ich atme aus, mir ist nicht mal aufgefallen, dass ich die Luft angehalten habe.

Dass ich so in den Bann gezogen werde ist mir noch nie passiert, ich versuche mich auf die Gespräche meiner Freunde zu konzentrieren und doch muss ich immer wieder rüber schauen. Und als ich mich wieder der Theke zu wende und nach dem Typen Ausschau halte, sieht er mich an. Seine braunen Augen schauen mir direkt in meine, ein schelmisches Grinsen schleicht sich um seinen Mund. Ich bin gefangen in seinem Blick und die Stimmen um mich rum werden immer leiser.

Ray

Warum ich ausgerechnet in diesem Club gelandet bin, weiß ich nicht. Ich bin durch die Stadt gelaufen auf der Suche nach Pete, aber wenn man ihn mal braucht dann ist er unauffindbar. Jetzt sitze ich hier an der Bar und habe schon einem Bier getrunken aber die Stimme von meinem Vater in meinem Kopf hört nicht auf. Er ist sich nicht bewusst welchen Druck er mir mit dieser Entscheidung macht. Und dann noch die Information, dass er krank ist und sich gezwungen fühlt die Firma aufzugeben, in meine Hände. Ich nicke dem Barkeeper zu, er soll mir noch ein Bier bringen, als mein Blick auf eine junge Frau fällt, die gerade zur Tür reinkommt. Es scheint als würde die Musik leiser werden, sie strahlt regelrecht und ihre Augen verzaubern den Raum. Sie hat diese großen, haselnussbraunen Augen, die einen sofort in einen Bann ziehen.

Bin ich etwa schon betrunken, seit wann sind Augen haselnussbraun? Die Fremde wird von ihrer blonden Freundin mitgezogen, in der Nische scheinen Freunde zu warten. Sie lächelt, es wird mir warm in der Magengegend, sie ist so natürlich schön. Keine von diesen aufgebrezelten Frauen, ihren langen Haaren fallen ihr in den Rücken, während ich sie so mustere, ihren Körper bewundere, an dem alles an seinem richtigen Platz zu sein scheint, frage ich mich wie sie sich wohl anfühlt. Wer ist der Typ neben ihr? Ist das ihr Freund? Nein das kann nicht sein, sie hat ihn nicht geküsst und beachtet ihn auch weiter nicht, sie ist nur nett zu ihm und macht Konversation. Aber was kümmert es mich, ich kenne sie nicht mal, werde ich etwa eifersüchtig? Ich muss wirklich schon zu viel getrunken haben. Ich zwinge mich weg zu sehen, aber ohne Erfolg, immer wieder schaue ich zu ihr hin. Sie wirkt etwas bedrückt, ist nicht wirklich bei der Sache, bemerkt nicht mal dass ihr jemand einen Drink in die Hand drückt. Manchmal nickt sie und lächelt, wenn ihre Freunde sich ihr zu wenden, irgendetwas scheint sie zu beschäftigen. Ihre blonde Freundin hat sich der Gruppe schon entfernt und flirtet mit einem Typen an der Bar.

„Hey, da bist du ja", werde ich aus meinen Gedanken gerissen. Oh nein das hat mir gerade noch gefehlt, die Rothaarige von neulich. Sie kommt näher und legt ihre Hand auf meinen Oberschenkel. Was soll das, hat ihr die letzte Abfuhr nicht gereicht? Muss ich etwa deutlicher werden? „Nimm deine Pfoten weg, ich habe dir das letzte Mal schon gesagt, dass ich kein Interesse an dir habe, du warst nur ein Fick mehr nicht. Ich weiß nicht einmal mehr wie heißt und um ehrlich zu sein ist es mir auch egal. Zisch ab, es wird keine Fortsetzung geben, kapiert?" Etwas perplex schaut sie mich an und sagt dann:" Lass uns da weiter machen wo wir aufgehört haben, wir hatten doch unseren Spaß." Sie nimmt meine Hand und schiebt sie unter ihren Rock. Sie trägt keine Unterhose. „Komm mit mir zur Damentoilette, dann wird dir mein Name wieder einfallen, wenn ich mit dir fertig bin", fügt sie noch hinzu. Angewidert ziehe ich meine Hand weg und antworte ihr: „Such dir einen anderen Notgeilen für eine schnelle Nummer, aber mich kriegen keine zehn Pferde mit, das ist einfach nur billig." Wütend und mit Beleidigungen um sich werfend verschwindet sie dann endlich.

Als ich dann wieder rüber zu der Fremden schauen will, schaut diese mich mit ihren großen Augen an. Unsere Blicke verharren. Hoffentlich hat sie das eben nicht mitgekriegt und schließt keine voreiligen Schlüsse. Was geht gerade in ihrem Kopf vor? Sie ist schön. Eine leichte Röte liegt auf ihren Wangenknochen aber auch sie schaut mich weiterhin an. Ich muss sie kennen lernen, wer ist sie? Sie lächelt mich an, ein süßes Lächeln, ein ehrliches Lächeln, das auch ihre Augen umschließt. Sie hat was Beruhigendes. Und dann schaut sie weg, sagt etwas zu ihrem Freund und steht auf. Wo will sie hin? Ich muss ihr hinterher. Sie geht Richtung Toilette, es ist nicht so einfach sie einzuholen, immer wieder stellen sich mir tanzenden Leute in den Weg. Sie ist zu weit weg und ich kann sie nicht mehr einholen.

Ray

Sie verschwindet auf der Damentoilette, es bleibt mir nichts anderes übrig als auf sie zu warten. Warum werde ich von einer unbekannten Frau so in den Bann gezogen? Ihre Augen sind der Wahnsinn, wie die mich vorhin angeschaut haben, habe ich mich verloren aber ich hatte keine Angst. Ich fühlte mich geborgen, angekommen. Sie strahlten Wärme aus.

Also stehe ich wie ein Depp vor der Toilette und warte auf eine wildfremde Frau, die mir das Gefühl gibt sie schon ewig zu kennen. Mehrmals öffnet sich die Tür aber die Richtige war noch nicht dabei. Plötzlich springt mir jemand an den Hals und drückt mir seine feuchten klebrigen Lippen auf meine. „Hast es doch nicht ohne mich ausgehalten, nicht wahr?" Unsanft drücke ich diese penetrante Person von mir weg. „Verdammt nochmal, geh weg, ich bin nicht wegen dir hier, hau endlich ab." Ich drehe mich um und da steht sie, geschockt sieht sie mich an, dreht sich um und geht.

„Warte, es ist nicht so wie du denkst." Sie schiebt sich durch die Menschmenge, ohne sich umzusehen. Verdammt ist sie schnell. „Jetzt warte doch mal." Sie muss ihre Schritte etwas drosseln, weil sich ein tanzendes Paar in den Weg stellt und da ergreife meine Chance. Ich packe sie am Arm, wirbele sie herum und das ist es dieses wunderschöne, zarte Gesicht. Sie starrt mich an, ihr Mund öffnet sich leicht. Ich kann nicht anders, langsam nähere ich mich ihrem Gesicht, schaue ihr immer noch tief in die Augen, ich kann ihren Atem spüren und dann hauche ich ihr einen Kuss auf ihren weichen Mund. Ich kann mich nicht von ihr lösen, mein Herz rast. Sie erwidert meinen Kuss sanft, schließt ihre Augen und öffnet leicht ihren Mund. Langsam sucht sich meine Zunge ihren Weg, unsere Zungen finden sich und spielen miteinander. Anfangs etwas zaghaft aber doch bestimmend. Ich ziehe sie etwas näher an mich ran und lege behutsam meine Hand auf ihren Rücken .Es scheint ihr zu gefallen, sie drückt sich an mich und wird fordernder.

Da stehen wir in der Menschenmenge, küssen uns, die Musik um uns rum wird langsamer als gäbe es nur noch uns zwei. Sie fühlt sich so gut an. Das könnte ewig so weiter gehen aber langsam löst sie sich von mir, ihre Augen flattern etwas beim Öffnen, sie räuspert sich und sagt mit beschlagener Stimme: „Ich bin Hannah und wer bist du? So etwas ist mir noch nie passiert. Normalerweise küsse ich keine Fremden." „Glaube mir, mir ist so was auch noch nicht passiert, aber ich habe dich gesehen und wusste sofort, ich muss dich kennen lernen, ich habe das Gefühl als würde ich dich schon ewig kennen. Ich bin Ray." Ich fuhr ihr mit dem Handrücken über ihre pfirsichfarbenen Wangen, sie schmiegte sich an sie und sagte: „Ich muss gehen". „Aber warum, wir haben uns doch gerade erst gefunden?" „Ich bin verwirrt, was passiert hier gerade? Vor einigen Minuten hast du noch die Rothaarige geküsst, ist das eine Masche von dir?" „Oh Gott nein, lass mich dir erklären, das ist alles nur ein Missverständnis." „Du bist mir keine Rechenschaft schuldig, das hier war einmalig und wird sich nicht wieder widerholen." Sie hat den Satz noch nicht zu Ende gebracht und schon dreht sie sich um und geht.

„Hannah, warte. Werde ich dich wiedersehen?" Sie dreht sich um und sagt:" ich bin am Freitag wieder hier. Wenn das Schicksal es will, werden wir uns wieder sehen." Und bevor ich reagieren kann, ist sie auch schon in der Menschenmenge verschwunden.

Hannah

Was war da gerade passiert? Ich muss hier raus, ich muss weg sonst garantiere ich für nichts. Stand ich wirklich auf der Tanzfläche und habe mit einem Fremden rumgemacht? Ok es war nur ein Kuss, versuche ich meine innere Stimme zu beruhigen. Aber dieser Kuss hatte es in sich, noch jetzt spüre ich das Kribbeln in meinem Bauch und fasse mir gedankenverloren an meine Lippen. Es war einfach nur atemberaubend. Ray also, so heißt dieser geheimnisvolle Mann, den ich nicht mehr aus den Augen lassen konnte seitdem ich ihn an der Bar entdeckt hatte.

Er war mir zur Toilette gefolgt nur um mich kennen zu lernen, auch dieser Zwischenfall mit dieser Rothaarigen konnte ihn nicht davon abhalten. Warum habe ich ihn nicht nach seiner Nummer gefragt, was ist wenn ich ihn nicht wiedersehe, typisch Hannah, dann läuft dir mal ein heißer Typ über den Weg und was machst du, meldet sich mein Verstand.

Auf dem Weg nach draußen, muss ich wieder an der Bar vorbei, Gott sei Dank sitzt Claire immer noch da, ein Blick und sie versteht. Sie nimmt ihre Jacke und folgt mir. „Hannah, was ist los? Du siehst aus als hättest du einen Geist gesehen."

„Ich habe jemanden geküsst, auf der Tanzfläche. Er ist süß, der Kuss war großartig, so hat mich noch niemand geküsst, aber das war ein Fehler, ich werde ihn nicht wieder sehen. Ich habe nicht mal seine Nummer. Das war bestimmt nur ein Missverständnis", ich gerate in Panik. „Langsam Hannah, langsam, atme, ich verstehe gerade nur Bahnhof, jetzt nochmal eins nach dem anderen, was ist passiert?"

Ich atme tief durch und fange an Claire zu erzählen was passiert ist. Anfangs nickt sie nur, bei der Rothaarigen reißt sie die Augen auf und beim Kuss grinst sie. „So wie ich das verstehe, hattest du einen super geilen Typen, der dich nicht kennt, dir auf der Tanzfläche mal so richtig zeigt wie geheimnisvoll ein Kuss sein kann und du machst dir jetzt Sorgen? Ist das dein Ernst? Genau das meinte ich mit lass dich mal fallen, lass es einfach mal auf dich zukommen". „Aber." „Es gibt kein Aber, ihr habt euch für nächsten Freitag verabredet, mir scheint, dieser Hottie will dich kennen lernen und es war kein Missverständnis", grinst sie und wackelt dazu noch mit den Augenbrauchen.

„Du machst dir da mal wieder viel zu viele Gedanken, Hannah", fügt sie noch hinzu. Sie legt ihren Arm um meine Schultern, schiebt mich Richtung Taxistand. „Dich kann man auch keinen zehn Minuten alleine lassen, dann knutscht du mit Wildfremden rum und das in aller Öffentlichkeit", zieht sie mich auf ich schaue sie nur von der Seite an und fange an zu lachen. Auch Claire prustet los. „Claire ich sage dir, das ist ein Bild von einem Mann, ein Gott. Und dieser Kuss…". Ich gebe ein leises Stöhnen von mir, meine Gedanken kreisen sich nur um diesen Kuss und Ray.

Ich kann es kaum erwarten ihn wieder zu sehen. Nur eine Woche, dann können wir da weiter machen wo wir heute aufgehört haben.

Ray

Ich kann nur an sie denken, auch als endlich nach Hause komme. Wenn ich meinen Augen schließe, siehe ich nur sie, ihr Gesicht, ihre langen Wimpern, die ihre großen Augen umranden, die kleine Nase mitten im Gesicht und dann dieser Mund. Ich male mir aus was dieser Mund alles mit mir anstellen könnte. Ihre weichen Lippen, die ich immer noch auf meinen spüre. Ich muss mich wieder einkriegen, diese Frau macht mich wahnsinnig und ich kenne sie kaum. Entschlossen gehe ich ins Bad, eine kalte Dusche wird mich jetzt auf andere Gedanken bringen. Stelle das Wasser an, ziehe mich aus und stelle mich unter die Brause. Aber der kalte Wasserstrahl hält mich nicht davon ab, an Hannah zu denken. Ich stelle mir wie sie mit mir unter der Dusche steht. Wie ich ihre Brüste in die Hand nehme und sie zart knete, sie überall küsse, meine Zunge langsam vom Schlussbein bis zur Brust fährt, ich an ihren Brustwarzen knabbere, wie sie mich lustvoll anschaut, meine Hand ihren Körper berührt und langsam, ihren flachen Bauch streichelt und sich dann zu ihrer Mitte bewegt. Ich streichele ihre Knospe. Sie leckt sich über ihre geschwollenen Lippen, meine Finger in sie eindringen, erst behutsam, langsam und dann immer schneller. Sie streckt sich meinen Fingern entgegen, atmet lustvoll ein und aus und dann bevor sie kommt, ich sie gegen die Wand drücke und ihr mein erregtes Glied in ihre nasse Mitte schiebe. Sie bittet mich nicht aufzuhören, keucht meinen Namen bis sie innerlich bebt, ich stoße noch einmal zu und dann komme auch ich. Und als die Augen auf mache, stelle ich enttäuscht fest, dass Hannah nicht unter der Dusche steht, sondern ich mir selbst einen runtergeholt habe.

Ich steige aus der Dusche, wickle mir ein Handtuch um die Hüfte. Auf dem Weg in mein Schlafzimmer, fasse ich den Entschluss, diese Frau muss ich kennen lernen. Sie ist nicht wie anderen Frauen, sie etwas ganz Besonderes. Sie hat mir den Kopf verdreht. Sie ist anders, ich will, dass sie anders ist, ich muss sie am Freitag sehen, aber will sie das auch? Ich konnte auf der Tanzfläche ihr Verlangen spüren, das kann sie nicht vorgespielt haben. Und doch ist sie gegangen, ohne Telefonnummer und hat nur ihren Namen mit einer kleinen Hoffnung zurückgelassen.

Hannah

Die Woche vergeht wie im Fluge, ich habe so viel zu tun, Mr. Cooper hält mich auf Trab. In der Kanzlei ist die Hölle los. Ich habe kurze Mittagspausen und lange Arbeitstage. Ich bin morgens schon sehr früh raus und abends spät zu Hause. Es reicht immer nur für was zu essen, schnell in die Dusche zu springen und dann todmüde in mein Bett zu fallen. Abends im Bett denke ich dann an Ray. Wird er am Freitag kommen? Was mache ich, wenn er nicht kommt? Was mache ich, wenn er kommt? Warum hat er mich geküsst obwohl er mich nicht kennt? Warum gerade ich? Er könnte jede kriegen, die Frauen würden sich um einen Kuss von ihm reißen und doch hat mich ausgewählt? Was will er von mir? Jede Nacht stelle ich mir diese Fragen, meistens schlafe ich dann total erschöpft ein. In meinem Traum dreht sich auch alles um Ray. Er liegt dann meistens neben mir, streichelt meine Arme, er küsst mich und berührt, mich mit seinen bernsteinfarbenen Augen gefühlvoll anschaut. Er ist ein Bild von einem Mann, sein Körper ist durchtrainiert, nicht zu viel aber genau richtig. Ich fahre mit meinen Fingern die Bauchmuskeln, die seinen Bauch schmücken. Eine feine Spur von schwarzen Härchen, die von seinem Nabel aus zum Bund seiner Boxershorts führt und dann verschwindet macht ihn noch heißer. Der Drei-Tage-Bart verleiht seinem Gesicht etwas Geheimnisvolles, sein schelmisches Grinsen wird durch seine kleinen Grübchen abgerundet. Er ist perfekt, so wie er neben mir liegt. Ich bin ihm verfallen. Meine Finger gleiten durch sein zerzaustes Haar, er kuschelt sich an mich und löst ein Verlangen in mir aus, das ich vorher nicht kannte. In meinem Bauch fliegen Schmetterlinge, meine Mitte zieht sich zusammen, es ist verrückt wie mein Körper auf ihn reagiert.

Jedes Mal wache ich genau dann auf wo er anfängt mich zu liebkosen und jedes Mal bin ich total gerädert. So auch heute, müde und frustriert, steige ich aus meinem Bett. Ich brauche einen Kaffee, schon im Flur höre ich wie Claire welchen aufsetzt. Sie sieht mal wieder super aus, nicht daran zu denken wie wild meinen Haaren bestimmt wieder vom Kopf stehen. „Wie machst du das nur, immer so toll auszusehen, schläfst du im Sitzen?" frage ich sie etwas genervt. „Hattest du wieder diesen Traum? Ab morgen sieht die Welt auch für dich wieder anders aus. Anstatt von ihm zu träumen, liegt er vermutlich noch heute bei dir im Bett", versucht sie mich zu besänftigen. „Er wird nicht mal auftauchen da bin ich mir sicher, warum sollte er? Er hatte seinen Spaß und hat mich längst vergessen." „Heute Abend wirst du es wissen, Hannah ob es nur ein Spiel war oder ob er wirklich Interesse an dir hat." „So ich muss jetzt los, hab noch ein Interview vorzubereiten, wir sehen uns dann heuten Abend, bevor wir losziehen koche ich uns noch meine heißgeliebte Lasagne, ich möchte ja nicht, dass dein Magen knurrt, wenn du deinen Hottie verführst", grinst sie und ist auch schon verschwunden. Die Tür fällt ins Schloss und ich gehe mit der Tasse Kaffee in der Hand Richtung Bad.

Der Tag verläuft ohne weitere Vorkommnisse. Am späten Nachmittag verabschiedet sich mein Chef in Wochenende, was mich etwas wundert, da er nie früher geht. Er ist der Erste morgens und auch der Letzte, der das Gebäude verlässt. Aber da ich noch einiges zu erledigen habe, widme ich meine Aufmerksamkeit wieder ganz meiner Unterlagen. Gegen neunzehn Uhr fahre ich dann auch endlich meinen Computer runter und mache mich auf den Heimweg.

Als ich die Tür aufsperre kommt mir schon der leckere Duft der Lasagne entgegen und in der Küche wartet Claire mit einem Glas auf mich.

Nach dem Essen, ziehen wir uns um und machen uns für Ausgehfertig. Ich entscheide mich für mein schwarzes Kleid, das meinem Körper schmeichelt, nicht zu viel von mir preisgibt und doch erlaubt der Ausschnitt einen Blick auf mein Dekolleté. Meine Haare habe ich locker hochgesteckt und dezent geschminkt verlasse ich mein Zimmer, im Flur wartet Claire bereits auf mich, die mich lächelnd anschaut. „Also ich glaube, da wird Ray nicht widerstehen können", sagt sie. Gleich werde ich ihn endlich sehen, hoffe ich zumindest. Mit einem mulmigen Gefühl im Bauch brechen wir auf.

Ray

Am Freitag werde ich sie wieder sehen. Kann man einen Menschen vermissen, den man nicht wirklich kennt? Ich habe Hannah vermisst und ich kann es kaum erwarten, sie heute Abend in den Arm zu nehmen und ihre weichen Lippen zu küssen.

Ein letztes Mal betrachte ich mich im Spiegel, schnappe mir meine Schlüssel und bevor ich die Haustür öffnen kann, klingelt mein Handy. Wer kann das zu dieser Uhrzeit noch sein? Soll ich jetzt ran gehen? Nein ich will zu Hannah, aber das Klingeln hört nicht auf immer und immer wieder ertönt dieser Klingelton. Etwas genervt gehe ich ran ohne auf das Display zu schauen. „Ja" melde ich mich barsch. „Raymond bist du es?" Wer will das wissen?" „Hier spricht Caroline, dein Vater liegt im Krankenhaus, Raymond kannst du kommen bitte, er will dich sehen." „Was ist passiert?"

„Er wurde heute Abend mit starken Schmerzen mit dem Krankenwagen eingeliefert, er fragt nach dir, kannst du bitte herkommen, bitte Raymond". Caroline klingt sehr besorgt, ihre Stimme ist belegt: „ Ich weiß, ihr habt eure Differenzen aber Raymond komm bevor du es dir nachher nicht mehr verzeihen kannst". „Bin schon unterwegs, bleib wo du bist, Caroline, ich komme wir stehen das gemeinsam durch."

Im Krankenhaus angekommen, wartet Caroline auf mich. Sie erstattet mir schnell Bericht was alles passiert ist und meint: „Die Ärzte geben ihm nur noch ein paar Wochen, er möchte keine Chemotherapie und auch sonst keine Therapien. Sie geben ihm was zur Beruhigung und gegen die Schmerzen, um es erträglicher zu machen." Ihre Augen sind feucht, die ersten Tränen bahnen sich ihren Weg und sie unterdrückt ein Schluchzen: „ich habe gehofft, dass wir mehr Zeit hätten, dein Vater hatte noch so einiges vor, wollte noch reisen und mir noch schöne Moment erleben, Raymond das alles geht mir zu schnell". Ich nehme Caroline in den Arm und versuche sie zu trösten, als sie sich wieder etwas gefangen hat, zeigt sie mir sein Zimmer. „Geh du schon mal rein, ich komme gleich nach, ich versuche nochmal mit den Ärzten zu reden".

Mein Vater liegt in seinem Bett, er schaut auf als ich eintrete und ein Lächeln huscht über sein Gesicht. „Hallo Vater, wie geht es dir?" „Raymond, du bist gekommen. Jetzt geht es mir schon besser."

„Junge, wir müssen reden, wie es weitergeht, hast du dir deine Gedanken gemacht? Wirst du deinem alten Vater den Wunsch erfüllen und die Kanzlei übernehmen"? „Dad, wir reden morgen darüber, versprochen, jetzt musst du dich ausruhen." „Wenn ich tot bin, habe ich noch genug Zeit mich auszuruhen und ich möchte alles geklärt haben bevor ich sterbe, das kannst du doch verstehen oder"? „Ich kann dich verstehen aber es bringt jetzt nichts alles zu überstürzen, morgen wenn ich dich besuche, reden wir in Ruhe darüber und finden eine Lösung". Resignierend nickt er, „Also gut, dann setzt dich etwas zu mir bitte, wenn es dir nichts ausmacht". Ich hole mir einen Stuhl und setze mich neben meinen Vater. Er sieht nicht gut aus, der gestandene Mann ist nicht wieder zu erkennen. Er liegt da, eingewickelt in der Decke, so zerbrechlich als würde das Bett ihn in jedem Moment verschlingen. Ich lege meine Hand auf seine, er schließt die Augen und schläft ein. Seine Atmung geht langsam, ich ertappe mich dabei wie ich die Luft anhalte um mich zu vergewissern, dass er immer noch atmet. Ich kann nicht länger wütend auf ihn sein, wenn ich ihn so leiden sehe. Irgendwann schlafe dann auch ich auf meinem Stuhl ein.

Hannah

Im Club ist schon viel los, wir sitzen bei unseren Freunden in unserer Nische. Von hier aus habe ich den Eingang gut im Blick, falls Ray auftaucht.

Claire versucht mich abzulenken, vergebens ich muss immer und immer wieder zur Tür schauen und jedes Mal, wenn sie sich dann öffnet, halte ich die Luft an und hoffe er ist es aber… Fehlanzeige.

Die Musik ist gut, anfangs lasse ich mich noch mitreißen aber je später der Abend desto trauriger werde ich. Haben sich meine Befürchtungen bestätigt, er wird nicht kommen, er versetzt mich und das alles war nur ein Spiel für ihn, sein Interesse an mir war nur vorgetäuscht.

Gegen zwei Uhr will ich nicht mehr warten ich will nur noch nach Hause und mich in meinem Bett verkriechen. Claire versucht vergebens mich davon abzuhalten aber meine Laune ist definitiv im Keller. Sie möchte mich nach Hause begleiten aber Gott sei Dank kann ich sie vom Gegenteil überzeugen, ich will jetzt wirklich nur alleine sein. Ich rufe mir ein Taxi und fahre nach Hause. Dort ziehe ich meinen flauschigen Pyjama an und steige in mein Bett um in Selbstmitleid zu verfließen. Meine Gedanken überschlagen sich, so viele offene Fragen und keine Antwort. Ich kann meinen Kopf nicht abstellen und das Einschlafen fällt mir schwer. Immer wieder schwirren meine Gedanken zu Ray, warum hat er mich sitzen lassen? Ist ihm vielleicht etwas passiert? Warum ist er nicht gekommen? Dieser Heuchler, hat er mir sein Interesse nur vorgespielt? Irgendwann fallen mir dann doch die Augen zu.

Als ich am anderen Morgen wach werde, bin ich total gerädert. Eine Nachricht auf meinem Handy verrät mir, dass Claire heute nicht nach Hause kommt, aber ehrlich gesagt ist mir das ganz recht. Ich habe keine Lust auf Smalltalk. Bepackt mit einem Tee und einem Liebesroman mache ich es mir in meiner Leseecke gemütlich, aber auch das gelingt mir nicht wirklich. Ich muss immer wieder von vorne anfangen, ich bin nicht bei der Sache, schweife ab. Lese Passagen zwei-dreimal ohne zu wissen was wirklich in dem Ausschnitt passiert. Resignierend lege ich das Buch zu Seite.

Auf dem Weg zur Küche, höre ich wie mein Telefon klingelt. "Hallo?" „Hannah? Hier ist Mr. Cooper, ich wollte ihnen nur mitteilen, dass ich nächste Woche nicht ins Büro komme. Verschieben sie meine Termine und die wirklich wichtigen soll Jack übernehmen." „Alles klar Mr Cooper, das mache ich aber ist alles okay bei Ihnen?" frage ich ihn verwundert. Er hat noch nie gefehlt, zumindest nicht so kurzfristig. „Ich bin im Krankenhaus, aber sie brauchen sich keine Sorgen zu machen, es geht mir gut. Und Hannah, das bleibt unter uns, ich möchte nicht, dass diese Geschichte die Runde in der Kanzlei macht, verstanden?" „Sie können sich auf mich verlassen, Mr Cooper, wenn ich ihnen sonst noch irgendwie helfen kann, sagen sie mir Bescheid, bitte." „Danke Hannah, ich wusste auf sie ist Verlass, nehmen sie sich doch Ende der Woche einige Tage frei, wenn sie alles erledigt haben, sie haben es sich verdient. Ich melde mich wieder bei ihnen, wenn was sein sollte." „Danke Mr. Cooper und gute Besserung".

Nach dem Gespräch bin ich noch aufgewühlter, mein Chef liegt im Krankenhaus und gibt mir frei, sehr ungewöhnlich.

Ray

Eine leise Stimme und sanftes Rütteln an meinen Schultern lassen mich aus meinem Schlaf erwachen.

Wo bin ich?

Eine Krankenschwester redet auf mich ein: „Gehen sie nach Hause, hier und jetzt können sie nichts für ihren Vater tun. Er wird bis morgen früh schlafen, wir haben ihm was zur Beruhigung gegeben." „Wie viel Uhr haben wir?" frage ich etwas benommen. Ich muss auf dem Stuhl neben Vaters Bett eingeschlafen sein. „Es ist kurz nach zwei, Sir." Wie von einer Tarantel gestochen, springe ich auf: „Hannah! Ich muss zu ihr, verdammt." Und schon renne ich aus dem Zimmer. Laufe zu meinem Auto und fahre als wäre der Teufel hinter mir her zur Fabrik. Hoffentlich ist sie noch da. Wie konnte mir das passieren? Warum bin ich eingeschlafen? Ich hatte mir doch versprochen sie heute hier zu treffen, ich muss sie finden und ihr erklären was passiert ist.

Ich laufe durch den Club auf der Suche nach Hannah, aber ich kann sie nicht finden. Sie ist nicht hier. Mitten auf der Tanzfläche wird mir dann klar, dass ich es verbockt habe. Enttäuscht und niedergeschlagen, mache ich mich auf den Heimweg.

Hannah

Im Büro verteile ich die Arbeit, sage Termine ab und ab Mittwoch nehme ich mir dann frei. Etwas Abwechslung wird mir guttun. Zu Hause packe ich einige Sachen zusammen, hinterlege Claire einen Zettel in der Küche, dass ich zu meinen Eltern fahre und ich sie dann am Sonntag wieder sehe. Mit der Tasche bepackt mache ich mich auf den Weg zum Bahnhof, ich habe beschlossen mit der Bahn zu meinen Eltern zu fahren, dann kann ich mir während der dreistündigen Fahrt meine Gedanken sortieren und mir vielleicht überlegen wie es weiter gehen soll.

Ich hatte am Montag mit meiner Mutter telefoniert um meinen Besuch anzukündigen, sie ist etwas überrascht, aber freuen tut sie sich auch sehr. Als der Zug dann sein Ziel erreicht und ich aussteige, sehe ich schon meinen Vater. Er kommt auf mich zu, nimmt mich fest in die Arme und drückt mich. Ich weiß nicht wieso aber ich fühle einen Kloss im Hals und bevor sich die ersten Tränen ankündigen, schiebe ich ihn sanft von mir weg. „Hi Dad, Danke dass du mich abholst, lass uns fahren". Er schaut mich etwas länger als gewohnt an und nickt nur. Mein Vater ist kein Mann großer Worte, das überlässt er lieber seiner Frau. Er drückt mir noch einen Kuss auf meine Wange und schon gehen wir zusammen zum Auto.

Als wir die Einfahrt meines Elternhauses erreichen, wartet meine Mutter bereits auf uns. Sie kommt mir entgegengelaufen, mustert mich und dann drückt sie mich fest an sich. „Endlich, da bist du ja. Lass mich dich anschauen. Du siehst müde aus. Hast du Hunger? Geht es dir gut? Du bist sehr dünn geworden und blass im Gesicht." Typisch Mama sie lässt mich nicht mal antworten. Sie schiebt mich Richtung Eingang und redet und redet. „Marie, lass sie doch mal ins Haus. Du machst sie ganz verrückt mit all deinen Fragen. Du kannst sie noch in den nächsten Tagen in dein Verhör nehmen!" „Ach Paul, ich verhöre unsere Tochter doch nicht, ich will doch nur wissen ob es ihr gut geht. Ich freue mich, dass sie uns endlich nach all dieser Zeit besucht auch wenn ich es Recht komisch finde, dass es so spontan und unter der Woche ist." „Mama mir geht es gut, wirklich. Ich hätte jetzt Lust auf einen Tee und ein Stück Kuchen", versuche ich sie zu besänftigen und sie erstmals von mir abzulenken.

Im Haus sieht es immer noch so aus wie früher. Jetzt wird mir erst Bewusst, wie lange ich nicht mehr hier war, ich nehme mir vor meine Eltern öfters zu besuchen. Den Nachmittag verbringe ich mit meinen Eltern und irgendwann verabschiede ich mich in mein Zimmer unter dem Vorwand müde zu sein. Auch hier ist noch alles so wie ich es verlassen habe bevor ich weggezogen bin. Ich mache mich Bettfertig, lege mich hin und schlafe auch sofort ein.

Ray

Mittwochabend, ich bin in der Fabrik, in der Hoffnung auf Hannah zu treffen. Die drei letzten Tage, bin ich von der Arbeit zu meinem Vater ins Krankenhaus und dann nach Hause. Unser Verhältnis verbessert sich, wir haben über meine Kindheit, meine Mutter und natürlich auch über seine Kanzlei geredet. Ich bin zu dem Entschluss gekommen, sie zu übernehmen aber alles steckt noch in den Babyschuhen. Aber jetzt geht es nicht um meinen Vater oder um die Kanzlei. Es geht um die Frau, die sich mit einem Kuss in mein Herz geschlichen hat.

Im Club amüsieren sich die Leute schon prächtig, sie lachen und tanzen, sie unterhalten sich. Das alles rauscht an mir vorbei, ich bin auf der Suche nach Hannah, kann sie nirgends finden. Nach einigen

Stunden, als ich die Hoffnung schon aufgeben will, stößt jemand mit mir zusammen. „Verdammt, kannst du nicht aufpassen? Du hättest mir fast mein Kleid ruiniert." „Endschuldige mal aber du bist in mich rein gerannt", ärgere ich mich. Doch dann stutze ich: „Ich kenne dich doch. Bist du nicht Hannahs Freundin?" Das war doch die, die sich damals an der Theke angeregt mit dem Typen unterhalten hatte. „Ich bin Claire, ja Hannah ist meine Freundin und wer bist du", fragt sie mich dann etwas neugierig. „Mein Name ist Ray, ist Hannah hier? Bitte sag mir, dass sie hier ist." „Du bist Ray? Der Typ, der sie zuerst unverhofft mit einem Kuss verführt hat und sie dann hat sitzen lassen", fügt sie dann mit ernster Miene hinzu. „Nein sie ist nicht hier und ich kann nur sagen so wie ich das sehe ist das auch gut so, noch einen Abend ruinierst du ihr nicht." „Es tut mir leid, das alles ist ein Missverständnis, ich wollte kommen oder besser gesagt ich war hier aber sie war es nicht", geknickt senke ich meinen Kopf, sie war also hier und denkt ich hätte sie versetzt.

„Weißt du wo sie ist, ich muss mit ihr sprechen, ich muss es ihr erklären, bitte Claire, es ist nicht so wie du denkst". Und dann fange ich an Claire zu erzählen was an dem Abend passiert ist, anfangs hört sie mir etwas widerwillig zu doch am Ende sind ihre Gesichtszüge weicher.

„Sie ist zu ihren Eltern aufs Land gefahren, sie kommt erst am Wochenende zurück", sagt sie etwas bedrückt. Das war es dann, ich drehe mich um im Begriff zu gehen doch dann packt Claire mich am Arm, dreht mich zu sich und sagt: „Hier ist ihre Nummer, bring das in Ordnung, aber Ray, ich schwöre dir, meinst du es nicht ernst mit ihr oder treibst irgendwelche Spielchen, dann schneide ich dir die Eier ab". Ich zweifele an keinem Moment an ihrer Aussage, dankend nehme ich sie kurz in den Arm und stecke mir Hannahs Nummer sorgfältig in meine Jackeninnentasche.

Hannah

ich habe schon lange nicht mehr so fest geschlafen. Wie ein Stein, ohne Träume, einfach nur tief und fest. Ich liege in meinem alten Kinderzimmer und als ich auf mein Handy schaue, sehe ich, dass ich bis 11 Uhr geschlafen habe. Schnell schlüpfe ich in meine Hausschuhe und gehe nach unten in die Küche. Dort sitzt meine Mutter am Esstisch und ist in die Zeitung vertieft. „Guten Morgen, warum hast du mich nicht geweckt?" „Kind du hast so fest geschlafen und ich glaube du brauchtest diesen Schlaf, darum bist du doch hier oder? Du bist hier, weil dich was beschäftigt, weil du abschalten musst und wenn das heißt dass du bis 11 Uhr schläfst bin ich die Letzte die dich daran hindert." Dann steht sie auf und gießt mir einen Kaffee ein. „Hier, trink den dann geht es dir schon besser," fügt sie noch hinzu. „Setz dich! Ich bringe dir noch dein Frühstück." Ohne Widerworte setze ich mich und schaue Gedankenverloren aus dem Fenster. Meine Mutter stellt mir einen Teller mit belegten Broten hin, so wie früher und sagt dann: „wenn du was brauchst, egal was, findest du mich im Wohnzimmer." Etwas zu lange schaut sich mich an und geht. Ich kann nur nicken.

Langsam esse ich meine Brote, trinke meinen Kaffee und stelle anschließend alles in die Spülmaschine. Ich habe mich entschlossen einen Spaziergang zu machen, also dusche ich schnell und ziehe mich an. Ich sage meinen Eltern, dass sie nicht mit dem Essen auf mich warten sollen, dass ich einen ausgiebigen Spaziergang am Hafen machen möchte und ich nicht weiß wann ich zurückkomme.

Am späten Nachmittag kehre ich dann zu meinem Elternhaus zurück. In der Küche hat meine Mutter mir einen Teller mit Mittagessen hingestellt, den ich mir dann aufwärme. Ich rechne es ihnen hoch an, dass sie mich nicht fragen was los ist. Dass sie mich in Ruhe lassen obwohl sie sich sicherlich Sorgen machen aber ich brauche jetzt etwas Zeit für mich. Als ich wieder in meinem Schlafzimmer bin, höre ich die Klingel aber ich mache mir nichts daraus, ich bestimmt für meine Mutter, die schon damals öfters mal Besuch von ihren Freundinnen erhalten hat. Umso erstaunter bin ich als sie mich ruft: „Hannah, kommst du mal bitte hier ist jemand für dich an der Tür." Ich gehe die Treppe runter und sehe wie meine Mutter an der Tür steht, diese ist nur einen Spalt geöffnet also kann ich nicht erkennen wer da auf mich warten sollte. „Wer ist es?" will ich wissen. Als ich die Tür dann aufmache staune ich nicht schlecht. „Was machst du denn hier? Woher weißt du wo ich bin? Wie hast du mich gefunden?" „Ich lasse euch mal alleine, ich glaube ihr habt einiges zu bereden", meint meine Mutter. Sie schließt die Tür hinter sich und wir setzen uns auf die Schaukel, die auf der Veranda vor dem Haus steht.

Ray

Wir sitzen auf der Schaukel, ich greife nach ihrer Hand und schaue ihr tief die Augen. Gott sie ist so schön. Ich bin so aufgeregt wie ein Schuljunge. Sie schaut mich erwartungsvoll an, wenn ich nicht gleich was sage, dann wirkt das alles etwas eigenartig. Ich merke wie die Stimmung zu kippen droht und doch kriege ich kein Wort raus. Ihr Gesichtsausdruck verändert sich, die Augen verengen sich und sie zieht ihre Hand aus meiner. „Ray was willst du hier? Versteh mich nicht falsch aber wie kennen uns kaum, wir haben uns einmal geküsst und dann …" „Ich weiß, Hannah." Erneut greife ich nach ihrer Hand. „Bitte gib mir eine Chance und hör zu was ich dir zu sagen habe. Ich möchte dir erklären warum ich nicht gekommen bin, das hat alles nichts mit dir zu tun". Das hört sich gerade wie eine billige Ausrede an und bevor sie mich sitzen lässt muss ich mir was einfallen lassen. „Hannah, so jemand wie dich habe ich noch nie getroffen, als ich dich sah in der Bar, da wusste ich bereits, dass ich dich kennen lernen musste und dann dieser Kuss, ich musste es riskieren. Ich dachte mir entweder erwidert sie diesen Kuss oder ich hole meine Ohrfeige ein. Und glaub mir ich habe mit letzterem gerechnet aber als du mich dann nicht weggestoßen hast war es das Schönste was mir je passiert ist." Ihre Gesichtszüge entspannen sich etwas, ein Lächeln huscht ihr über die Lippen, die sinnlichen vollen Lippen. Automatisch muss ich sie anstarren, aber ich räuspere mich und erkläre ihr dann warum ich nicht gekommen bin, dass mein Vater an dem besagten Tag ins Krankhaus musste und ich wohl da eingeschlafen bin und als die Krankenschwester mich geweckt hat, ich wie ein Irrer zum Club gefahren bin aber sie schon weg war.

Ich machte mir selber Vorwürfe, dass ich sie hab sitzen lassen aber ich es war nicht meine Absicht sie zu verletzen. Ich wusste nicht wie ich sie erreichen konnte, geschweige wo ich sie finde. Bis ich dann gestern auf Claire gestoßen bin, die mir zuerst die Hölle heiß machte und mir dann Hannahs Nummer zusteckte.

Ihr Braue schnellt nach oben also sie von Claire hört. „Ja Claire hat mir klar gemacht, dass sie meine Eier zerquetscht, wenn ich dir was antue und glaube mir ich habe keinen Augenblick an ihrer Aussage gezweifelt." Hannah lacht auf: „das ist meine Claire, aber das erklärt immer noch wie du mich gefunden hast."

„Gut ich hatte deine Nummer aber ich wollte es dir persönlich sagen und deshalb bin ich noch mal umgekehrt und habe Claire angefleht mir zu sagen wo du bist. Sie kann ganz schön stur sein und ich brauchte viel Überredungskunst bis sie mir dann endlich sagte wo du bist. Heute Morgen bin ich dann in mein Auto gestiegen und voila da bin ich."

„Ich glaube ich muss mal ein ernstes Wort mit ihr reden, sie kann doch nicht jedem daher gelaufenen meine Nummer und die Adresse meiner Eltern mitteilen." Autsch das tut weh, ich bin also nur irgendjemand. Dann plötzlich prustet Hannah los: „Du hättest dein Gesichtsausdruck sehen sollen. Ray ich freue mich, dass du da bist, ich war so enttäuscht, dass du mich hast sitzen lassen und ich weiß auch nicht warum aber es hat mich verletzt auch wenn ich nicht es nicht verstehe, es war nur ein Kuss kein Eheversprechen, und doch dachte ich da ist mehr und als du dann nicht aufgetaucht bist..." Sie senkt ihren Kopf und knetet ihre Hände, sie wirkt nervös. Ich lege meine Finger unter ihr Kinn und hebe sanft ihren Kopf so dass ich sie direkt anschauen kann. Langsam nähre ich mich ihr und drücke ihr einen leichten Kuss auf ihren Mund.

„Hannah, komm mit mir zurück, ich will dich kennen lernen, ich will dir zeigen, dass ich es wert bin eine Chance zu bekommen. Bitte, lass es uns versuchen, langsam, uns nichts überstürzen und dann schauen wir wohin es führt ok?" Sie legt ihren Kopf etwas schräg als müsste sie die Antwort abwägen.
Ich streichele immer noch ihre Hand, die in meiner liegt und schaue sie erwartungsvoll an.

„Okay! Aber ich muss das zuerst mit meinen Eltern klären". Tief atme ich aus, ich habe nicht mal gemerkt, dass ich die Luft angehalten habe. Vor Freude schließe ich sie in meine Arme und vergrabe meine Nase in ihr Haar, das locker auf ihre Schultern fällt. Sie riecht so gut, auch sie entspannt sich merklich. „Du wirst es nicht bereuen, das verspreche ich dir".

Hannah

Es tut so gut in seinen Armen zu liegen. Wer hätte das gedacht, dass ich ihn noch mal sehe. Ich habe es gehofft, aber nicht zu träumen gewagt, dass er bei meinen Eltern auftaucht und mich bittet mit ihm Zeit zu verbringen.

Verdammt meine Eltern, ich löse mich aus der Umarmung, bitte ihn hier auf mich zu warten und gehe hinein. Meine Eltern sitzen im Wohnzimmer, ich komme mir vor wie ein kleines Kind, das etwas verbrochen hat. Aber meine Mom nimmt mir den Druck von den Schultern und nickt nur. „Ich mache euch ein paar Brote für unterwegs. „Aber Mom woher weißt du, dass ich gehe?" „Kindchen ich kann es in deinen Augen sehen und verstehen kann ich es auch, sieh dir den Mann an, wer würde den schon draußen stehen lassen, fügt sie schmunzelnd hinzu. Mein Vater räuspert sich:" Pass auf dich auf ok? Und egal was sein sollte wir sind für dich da. Es ist schade, dass du schon gehen willst aber du kommst ja wieder und vielleicht bringst du deinen Freund mal mit. Und jetzt schnell hoch mit dir und pack deine Sachen bevor deine Mom anfängt zu sabbern", fügt er lächelnd und mit einem Auge zwinkernd hinzu.

„Das habe ich gehört Paul und du hast keinen Grund eifersüchtig zu sein, ich freue mich nur für unsere Tochter, dass sie einen so gutaussehenden Mann kennen gelernt hat." „ich weiß Marie, ich auch."

Mir bleibt nichts anderes übrig als beide in den Arm zu nehmen und Danke zu sagen. Gerührt wische ich mir eine Träne aus dem Gesicht. „Los, los Kindchen jetzt beeile dich und lass dein Prinz nicht allzu lange auf dich warten", sanft drückt meine Mutter mich von ihr weg und macht sich auf den Weg zur Küche um die besagten Brote zu schmieren. Mein Vater widmet sich wieder seiner Zeitung und ich eile die Treppen hoch. So schnell habe ich mein Zeug noch nie gepackt, ich schmeiße alles in meinen Koffer und in null Komma nichts stehe ich wieder vor Ray. Dieser nimmt mir den Koffer aus der Hand und mit der anderen Hand holt er mich an der Hüfte in den Arm. Wir stehen beide auf der Veranda meines Elternhauses und warten auf meine Mom, die mit den Sandwiches kommt.

Als mein Vater auf die Veranda tritt, tritt Ray ein Schritt nach vorne und hält ihm die Hand hin. Mein Vater mustert ihn und dann ergreift er dessen Hand und sagt mit Nachdruck: „Pass gut auf meine Tochter auf, hörst du? Und das nächste Mal wenn ihr kommt trinken wir gemütlich ein Bier zusammen." „Gerne Sir und endschuldigen sie bitte den Überfall, aber ihre Tochter hat mir meinen Verstand geraubt, da gibt es noch so einiges was es zu klären gibt, aber ich komme gerne auf ihr Angebot zurück."

So langsam schiebe ich Ray von der Veranda, er nimmt meine Hand, sie ist so weich und warm. Und da ist wieder dieses Gefühl, so wie damals beim Kuss. Das Gefühl von Geborgenheit, das Gefühl angekommen zu sein. In meinem Inneren ist diese Wärme, die sich breit macht, die entweder von den Schmetterlingen, die wild in meinem Bauch hin und her flattern kommt oder von der Hitze die sich von meinem Unterleib nach mehr sehnt.

Ray

Auf der Heimfahrt entspannt sich Hannah sichtlich. Sie erzählt mir von ihrer Kindheit, von ihren Eltern, die sie zwar nicht oft sieht seitdem sie mit Claire zusammengezogen ist aber trotzdem ein gutes Verhältnis mit ihnen hat. Sie ist damals in die Stadt gezogen wegen eines Jobangebots. Wir reden über Gott und die Welt, es ist als würden wir uns schon ewig kennen, sie lacht viel und schaut mich immer wieder an. Wenn sie lacht, ist es als würde die Sonne aufgehen, ich könnte ihr stundenlang zuhören, wenn sie redet bewegt sie automatisch ihre Hände mit, das macht es lebendiger.

Während der Fahrt liegt meine Hand auf ihrem Knie, es ist so ein schönes, befreiendes Gefühl jemanden wie sie gefunden zu haben. Ich bin das erste Mal so richtig glücklich. Ich weiß wie das klingt so abgedroschen und zudem noch für einen Mann aber es ist so ich kann es nicht anders beschreiben, Hannah macht mich glücklich. Diese Autofahrt könnte ewig so weiter gehen.

Doch als wir das erste Ortsschild erblicken, merke ich wie Hannah hibbeliger wird. „Hannah was ist los? Bereust du es mit mir mitgekommen zu sein? Und bitte sei ehrlich mit mir, können wir uns versprechen immer ehrlich miteinander zu sein, darauf lege ich großen Wert." Sie zappelt auf dem Sitz hin und her. „Hannah, rede mit mir! Was ist los?" sie öffnet ihren Mund und schließt ihn aber auch gleich wieder. Ich nehme ihre Hand und drücke sie leicht. „Du kannst mir sagen was dich bedrückt. Hab keine Angst, vertrau mir!"

Hannah

Als ich das Ortsschild sehe, wird mir erst Bewusst was gerade passiert. Oder was passiert hier eigentlich? Ich sitze in einem Auto mit einem mir fast fremden Mann, der mir zwar gesagt hat, dass er mich gerne kennenlernen möchte, einem Mann der Gefühle in mir weckt, die ich bis dato nicht kannte aber wie soll das weiter gehen. Ich habe mich Hals über Kopf in ein Abenteuer gestürzt ohne nach zu denken. Vor ein paar Stunden war ich noch bei meinen Eltern und jetzt bin ich auf dem Weg zu …ja zu was eigentlich. Was erwartet Ray von mir. Ich kann doch nicht einfach so mit ihm zu sich fahren, das alles geht mir zu schnell. Ja ich will Ray aber doch nicht so. Ich bin nicht eine von den Frauen, die sich mir nichts, dir nichts in das Bett eines Fremden stürzen.

Als würde er meine Gedanken lesen, drückt Ray meine Hand und schaut mich etwas besorgt an.„Ray ich kann das nicht. Ich kann nicht mit zu dir. Versteh mich nicht falsch, auch ich möchte dich kennen lernen und glaub mir ich möchte noch vieles mehr aber das hier geht mir zu schnell.“
Ray fährt rechts ran, was soll das? Wirft er mich jetzt raus, weil ich nicht mit zu ihm will? „Hannah, als ich sagte lass es uns langsam angehen habe ich es auch so gemeint. Ich will ein erstes Date, ein richtiges Date, ich will Händchen halten, dich in den Arm nehmen, wenn mir danach ist aber all das will ich mit dir zusammen, wir machen nichts was du nicht willst. Ich habe nicht erwartet, dass du heute Abend mit mir ins Bett steigst.“

Jetzt schäme ich mich schon fast, dass ich so von Ray gedacht habe. Ich lege meine Hand auf seine Wange, schaue ihm tief in die Augen. „Danke“ hauche ich ihm entgegen. Sanft nimmt er meine Hand von seiner Wange und drückt einen Kuss auf meine Handfläche. „Nicht dafür, so und jetzt lass uns weiterfahren, ich bringe dich und deine Sachen nach Hause. Du schläfst dich aus und wenn du willst hole ich dich morgen früh ab und dann verbringen wir den Tag zusammen, was hältst du davon?“

„Das ist eine schöne Idee“. Ray lenkt das Auto wieder auf die Straße und ich weiß jetzt schon, dass ich heute Abend nicht schlafen kann, vor Aufregung ihn morgen den ganzen Tag für mich zu haben.

Ray

Ich bleibe vor Hannahs Wohnblock stehen, steige aus und hole den Koffer aus dem Kofferraum. Ich reiche ihn ihr und hauche ihr einen Kuss auf die Wange. Ich muss mich echt bezähmen, ihr nicht einen Kuss auf den Mund zu geben und ihr nicht hinterher zu laufen, vor allem weil mein Schwanz schon die ganze Zeit gegen meine Hose drückt aber ich habe es Hannah versprochen es langsam angehen zu lassen und ich möchte es mir mit ihr nicht vermasseln. Vor der Tür dreht sie sich noch mal um und winkt kurz. Diese Frau ist unglaublich und wenn ich es richtig anstelle gehört sie bald mir. Ich muss mich zusammenreißen und keinen Fehler machen, sie zu verletzen könnte ich mir nie verzeihen.

Zuhause angekommen lege ich mich auf mein Bett und lasse den Tag Revue passieren. Aber dieser Aufwand war es Wert. Ich rufe noch schnell meinem Vater an um ihm zu sagen, dass ich ihn die zwei nächsten Tage nicht besuchen kann er mich aber immer erreichen kann, wenn was sein sollte. Sein Gesundheitszustand hat sich verschlechtert, es ist nur noch eine Frage der Zeit, die Ärzte versuchen es ihm so angenehm wie möglich zu machen.

Völlig erschöpft schlafe ich dann auch ein, mit einem Lächeln im Gesicht, weil ich nur noch an morgen denken kann.
Hannah

Als ich die Wohnung betrete, lugt ein Kopf über dem Sofa hervor. „Sag, dass deine schnelle Rückkehr von deinen Eltern etwas mit einem attraktiven, gutaussehenden, dich küssenden jungen Mann zu tun hat! Aber warum frage ich noch dein dämliches Grinsen verrät dich eh." Eigentlich wollte ich Claire die Beleidigte vorspielen aber ich kann ihr nicht böse sein, sie hat Ray zu mir geführt. Ich nehme sie in den Arm und dann erzähle ich ihr alles.

Sie hört gespannt zu und am Ende nimmt sie mich nochmal in den Arm und sagt: „es freut mich für dich, dass du endlich deinen Mr Right gefunden hast. Echt Hannah, wenn es jemand verdient hat dann du." „Danke, Claire. Und jetzt hilf mir, was soll ich morgen anziehen. Er will morgen den ganzen Tag mit mir verbringen, ich möchte gut aussehen, sexy aber auch nicht zu sexy, verstehst du? Ich bin total aufgeregt, ich werde die Nacht bestimmt kein Auge zu machen." Wir durchforsten meinen Schrank auf der Suche nach der richtigen Kleidung. Nach einer gefühlten Ewigkeit entscheide ich mich für einen lässigen, sommerlichen Jumpsuit, der sich mit meinen goldenen Sandalen kombinieren lässt.

„So wirst du ihn morgen von den Socken hauen, er wird seine Augen nicht von dir lassen können." „Das will ich hoffen. Ich kann es kaum erwarten ihn morgen wieder zu sehen. Es ist mir eigentlich auch egal was wir unternehmen, Hauptsache ich bin bei ihm. Jetzt schau mich nicht so an, ich lasse es langsam angehen und ich werde ihn auch nicht einengen, den Fehler mache ich nicht nochmal. Ich lasse ihm seinen Freiraum, wenn er den braucht. Aber vor allem werde ich den Tag morgen genießen."

Claire steht von meinem Bett auf, sie hatte es sich während meiner Modenschau dort gemütlich gemacht, auf dem Weg zur Tür fängt sie plötzlich an zu singen: „Hannah ist verliebt, Hannah ist verliebt, Hannah wird ihn morgen küssen, Hannah ist verliebt", ich fange an zu lachen und noch als sie die Tür hinter sich schließt höre ich sie: „Hannah ist verliebt und wird ihren Mr Right morgen küssen…"

Ja ich bin verliebt auch wenn es dafür noch viel zu früh ist aber ich habe mich Hals über Kopf in Ray verliebt. Ich mache mich Bettfertig aber dieses dämliche Grinsen, wie Claire es beschrieben hat, kann ich nicht abstellen. Ich schließe meine Augen und sehe in Rays Gesicht, entspannt schlafe ich ein.

Ray

Bin schon etwas länger wach, zu aufgeregt, ich freue mich auf meinen Tag mit Hannah. Ich habe schon mit meinem Vater telefoniert, es geht ihm den Umständen entsprechend. Er hat einen Termin für nächste Woche mit mir und seinem Anwalt im Krankenhaus angesetzt, dann reden wir ausführlich über die Übernahme der Kanzlei. Aber bis dahin möchte ich den freien Tag mit Hannah genießen.

Als ich dann eine Stunde später vor ihrer Haustür stehe, schlägt mir mein Herz bis zum Hals. Ich bin so nervös, wie ein Schuljunge an seinem ersten Schultag. Hoffentlich hat sie ihre Meinung nicht geändert und will es immer noch mit mir versuchen. Hoffentlich mache ich nichts falsch, das alles ist Neuland für mich, bis jetzt hatte ich nicht mal eine feste Beziehung, meine längste Beziehung lief ein- zwei Monate, wenn man das überhaupt Beziehung nennen darf. Mir ging es immer nur um Sex oder um eine Vorzeigefrau, wenn es mal wieder um ein Event ging. Hannah ist anders, sie ist die Frau für die ich es riskieren möchte, ich möchte, dass es klappt und dafür muss ich mich ins Zeug legen und der perfekte Gentleman und Freund sein. Puh das lastet aber ein gewisser Druck auf meinen Schultern.

Sie öffnet mir die Tür und es verschlägt mir die Sprache. Mit diesem Overall sieht sie zum Anbeißen aus, am liebsten würde ich sie gegen die Wand drücken und meinem Verlangen nachgehen. Ich könnte mich ohrfeigen, ich Idiot habe ihr noch vorgeschlagen es langsam anzugehen. Ich hauche ihr einen Kuss auf die Wange, sie riecht so gut, nach Kirschen, ihr Haar trägt sie offen, es fällt locker auf ihre Schultern, sie ist leicht geschminkt, was ihre Schönheit noch hervorhebt. Ich nehme sie bei der Hand und räuspere mich. „Du siehst umwerfend aus." Eine leichte Rote legt sich auf ihre Wangen. „Ich kann das Kompliment nur zurückgeben, komm lass uns frühstücken gehen, ich habe einen Bärenhunger.

Gemeinsam gehen wir zu meinem Auto und wir fahren zu einem gemütlichen Café. Während der Fahrt redet keiner ein Wort aber es ist nicht unangenehm, ganz im Gegenteil, wir sind beide in unseren Gedanken. Am Café angekommen, steige ich als erster aus um ihr die Tür zu öffnen, ich nehme ihre Hand und lasse diese auch nicht mehr los. Auch nicht also wir schon sitzen und bestellen. Sie ordert einen Cappuccino und ein Schokocroissant.

Sie trinkt, hat einen Milchbart und ich kann nicht anders als ihn den weg zu küssen, langsam fahre ich mit der Zunge über ihre zarten Lippen, in meiner Hose regt sich was, ich küsse sie weiter und sie schaut mir liebevoll in die Augen. Sehe ich da etwa auch ein Verlangen, schon komisch was diese Frau mit mir macht. Welche Gefühle sie in mir weckt, Gefühle die ist bis heute nicht kannte, ich komme mir wie ein verliebter Teenager vor, der seinen Schwanz nicht in den Griff bekommt. Ich muss mich zusammenreißen und wende mich ab.

Sie versucht ihre Enttäuschung zu unterdrücken indem sie in ihr Croissant beißt. Sie ist definitiv nicht eine dieser Frauen die sich das Essen verkneifen um irgendwelchen Idealen zu entsprechen, das hat sie auch nicht nötig. Sie ist perfekt, sie hat einen wunderschönen Körper, wie dieser wohl nackt aussieht. „jetzt reiße dich mal zusammen", sagt mir mein Kopf.

„Was?" fragt sie mich. „Habe ich etwa Schokolade im Gesicht"? Sie reibt sich über die Wange. „Da ist nicht, ich schaue dich an, weil du wunderschön bist." „Ich habe mir gerade selber gesagt, was für ein Glück ich habe so eine atemberaubende Freundin zu haben". War da ein Zucken in ihren Augen. „Hannah habe ich was falsch gesagt?, frage ich sie etwas verunsichert, weil keine Reaktion ihrerseits kommt.

Stille.

Ich rutsche etwas unbeholfen auf meinem Stuhl hin und her.

Aus heiterem Himmel, lacht sie auf, sie lacht bis ihr die Tränen kommen und ich kann ich nur verdattert zukucken. „Es tut mir leid, endschuldige bitte, aber du hättest dein Gesicht sehen sollen, als hätte dir jemand die Butter vom Brot geklaut". Sie drückt meine Hand und sagt: „Sehr gerne." „Na warte, das wird dir noch leidtun, „ füge ich mit gespieltem Entsetzen dazu, innerlich erleichtert über ihre Antwort.

Den Rest des Tages verbringen wir damit am Strand lang zu laufen. Wir schlendern händchenhaltend an der Promenade entlang, samstags befinden sich immer Buden an der Promenade. Bei jedem Stand bleibt Hannah stehen, schaut sich alles interessiert an. Von Blumen bis zum selbstgemachten Schmuck findet man hier alles. Ich kann nur staunen wie einfach Hannah mit den Leuten spricht, zeigt Interesse, stellt Fragen und lächelt stets. Sie hat eine Anziehungskraft, eine Unbefangenheit, offen für alles und immer freundlich, respektvoll ihrem Gegenüber. Sie heuchelt niemandem etwas vor. Ich stehe einfach nur neben ihr und bewundere ihre positive

Ausstrahlung. Einen Funken Stolz bin ich natürlich auch und lege ihr prompt den Arm um ihre Taille, jeder soll sehen das ist meine Freundin, die gehört zu mir.

Abends suchen wir uns ein idyllisches Restaurant. Von außen macht es nicht gerade einen guten Eindruck aber Hannah besteht darauf es zu probieren. Und ich sollte eines Besseren belehrt werden, Innen war es gemütlich, kleine Nischen, die von einer Steinmauer geschützt für die nötige Privatsphäre sorgten, luden zu romantischen Stunden ein. Kleine runde Tische mit rot-weiß karierten Tischdecken und einer Kerze, das schummrige Licht und die leise Musik geben dem ganzen einen mediterranen Hauch. Hinten in der Ecke gibt es sogar ein Kamin, der für die nötige Wärme sorgte.

Hannah

Nach dem Essen, gehen wir langsam wieder zurück zum Auto. Ray hält mir die Tür auf aber bevor ich einsteige schaue ich ihm noch in seine schönen Augen. „Danke, es war ein wunderschöner Tag, ich habe es genossen Zeit mit dir zu verbringen, alles ist so leicht mit dir." Ich rücke ein Stück näher und küsse ihn auf den Mund, erst zaghaft doch dann will ich mir. Auch er scheint mehr zu wollen, sein Mund öffnet sich und meine Zunge sucht sich ihren Weg. Unsere Zungen verschmelzen miteinander. Er drückt sich fester an mich, nimmt mich an der Hüfte und zieht mich an sich. Ich kann seine Erregung spüren. Ich greife mit meiner Hand in sein dichtes Haar und vergrabe meine Finger darin, die andere Hand lege ich um seinen Nacken. Ray packt mich am Hintern, knetet ihn. Mir entfacht ein Stöhnen was ihn dazu animiert weiter zu machen. Warum habe ich auch nur einen Jumpsuit an?

Noch immer knutschend stehen wir am Straßenrand, angelehnt an sein Auto und können die Finger nicht voneinander lassen. Dieser Kuss verlangt nach mehr. Meine Hände fahren über seinen Oberkörper, ich merke wie er etwas verkrampft und seine Muskeln anspannt. Mit der rechten Hand, schlüpfe ich unter sein T-Shirt. Seine Haut ist so weich, ich spüre dünne Härchen auf seiner Haut, mit den Fingerspitzen fahre ich seinen Bauchmuskeln nach bis zu seinem Hosenbund. Wie gerne würde ich diesem Verlangen nach gehen, aber ich kann ihm doch hier nicht in die Hose fassen, obwohl ich genau spüren kann, dass ihm meine Berührungen gefallen.

Die Schmetterlinge in meinem Bauch, fliegen wild umher, schlagen Purzelbäume. Ein leises Seufzen entfährt meinen Lippen und ich gebe mich ihm ganz hin. Doch zu meiner Enttäuschung geht Ray einen Schritt zurück. Er fährt mit seiner Hand durch sein von mir zerzaustes Haar und räuspert sich: „Es tut mir leid, ich kann das so nicht, es ist besser ich bringe dich nach Hause." Meine Libido zieht sich zusammen, meine Atmung geht schwer, er macht einen Rückzieher. Ich kann nur vor mich hin nicken, kriege kein Wort raus. Was soll das, zu erst macht er mich auf offener Straße scharf um mich von jetzt auf gleich gegen den Kopf zu stoßen, was stimmt mit ihm nicht? Keiner sagt ein Wort auf der Rückfahrt, die Anspannung ist zum Schneiden.

Plötzlich legt er seine Hand auf mein Knie und sagt: „Hannah ich will dich, glaube mir, ich will dich mehr als alles Andere auf der Welt, aber ich möchte es nicht überstürzen. Ich könnte mich selbst ohrfeigen bei dem was ich dir jetzt sage aber ich möchte vernünftig handeln und nicht meinen Schwanz entscheiden lassen, weil glaube mir ich musste mich jetzt echt zusammen reißen die nicht gegen das Auto zu drücken und dich zu nehmen."

Ich weiß nicht was ich sagen soll, außer ein verschmitztes Grinsen, also nicke ich nur. Mein Kopf sagt mir er hat Recht, er ist einer von den Guten und benutzt dich nicht nur für eine schnelle Nummer aber das Ziehen im Unterleib sagt mir schnapp ihn dir.

Vor meiner Wohnung bleiben wir stehen, er steigt aus, öffnet mir die Tür und begleitet mich bis zur Haustür. Er gibt mir einen zarten Kuss auf den Mund, fährt mit seinem Zeigefinger über meine Unterlippe und fragt: „Sehen wir uns morgen?"

„Ja gerne, ich schreibe dir wann du mich abholen kannst." Dann drehe ich mich um und gehe ins Haus. Die Tür fällt ins Schloss und ich verliere meine Fassung, ich tanze vor Freude und schreie lautlos vor Glück. Gut, dass keiner mich sieht, der würde mich sofort für verrückt erklären. Mit diesem Glücksgefühlt und einem Grinsen im Gesicht mache ich mich dann Bettfertig und schlafe auch direkt ein.

Ray

Ich steige wieder in mein Auto und bin sauer auf mich selbst. Ich habe ihr Verlangen, ihre Lust gespürt und weise sie zurück, ihre Enttäuschung in ihren Augen war nicht zu übersehen und hat mir ein Stich in meinem Herz versetzt. Ich schlage mir mit der flachen Hand auf die Stirn, ich Depp, es wäre ein leichtes gewesen, sie mir einfach zu nehmen, es hat nicht mehr viel gefehlt und ich hätte sie aus ihrem Overall geschält, ihr Höschen zur Seite geschoben und es ihr besorgt.

Aber Hannah hat einfach Besseres verdient, als eine schnelle Nummer am Straßenrand. Fluchend starte ich mein Auto und fahre mit quietschenden Reifen davon, ich rase über die Autobahn, ich muss Dampf ablassen.

Auch am anderen Tag hole ich sie wieder zum vereinbarten Zeitpunkt ab. Sie sieht wie immer blendend aus, heute trägt sie ein Kleid, was mich schmunzeln lässt. Auch heute vergeht die Zeit wie im Fluge, wir reden viel, spazieren Hand in Hand an der Promenade entlang, trinken Kaffee auf einer Terrasse. Manchmal erwische ich mich selbst dabei wie ich sie anstarre, als würde ich mir jede Faser ihres Gesichts einprägen wollen. Ihre Offenheit, Unbeschwertheit und Gelassenheit verblüffen mich von Mal zu Mal.

Ich hänge an ihren Lippen, wenn sie von ihrer Kindheit, von ihren Eltern und andere Geschichten erzählt. Sie macht jede Geschichte lebendig, gestikuliere wild mit den Armen, ihre Stimme verändert sich von leise auf wild aufregend, sie lacht viel. Ich kann nicht anders als ihr spontan einen Kuss zu geben. Sie schaut mich etwas überrumpelt hat und sagt: „Endschuldige ich rede und rede und du kommst nicht zu Wort, es ist mit mir durchgegangen". „Es gibt nichts wofür du dich entschuldigen musst Hannah, du hast nur so glücklich ausgesehen, ich konnte nicht anders als dich zu küssen. Ich wollte dich auch nicht unterbrechen, denn ich höre dir gerne zu, ich möchte alles über dich erfahren aber dieser Moment gerade eben, der war so schön, du bist so schön". Etwas verlegen streift sie eine lose Strähne aus dem Gesicht und sagt: „Ich bin auch glücklich, ich verbringe gerne meine Zeit mit dir, ich fühle mich als würden wir uns schon ewig kennen. Ich brauche mich nicht zu verstellen, ich kann einfach nur ich sein und weil das so ist rede und rede ich. Nur.." „Nur was?" „Du erzählst mir fast nichts von dir, ich weiß nichts über deine Kindheit, deinen Job, die ganze Zeit rede ich und befürchte dich mit meinen doofen Geschichten zu langweilen."

Ich nehme ihre Hand in meine und streiche mit dem Daumen über ihren Handrücken. „Du langweiligst mich nicht, keineswegs, aber über mich gibt es leider nicht viel zu erzählen. Ich hatte keine „normale" Kindheit, mein Vater war nie zu Hause, arbeitete viel, er lebt für seine Firma und für seinen Ruf und meine Mutter hat sich um mich und den Haushalt gekümmert. Sie war eine liebevolle, liebenswerte Person, sie war warmherzig, gut und hatte für jeden ein offenes Ohr. Sobald sie einen Raum betrat, ging die Sonne auf, jeder mochte und schätzte sie." Ich muss schlucken, jetzt so über sie sprechen macht mir bewusst wie sie mir fehlt. „Als sie starb, starb nicht nur meine Mutter, mein Vater stürzte sich noch mehr in die Arbeit, schickte mich auf ein Internat. Er konnte mich nicht ansehen, weil ich ihn zu sehr an meine Mutter erinnerte." Bedrückt schaue ich auf den Fußboden und füge hinzu: „Sie hätte dich bestimmt gemocht. Zu meinem Vater habe ich kein gutes Verhältnis, er hat irgendwann wieder geheiratet, ich habe meine Schule beendet, bin nur zur Uni, hab recht schnell Karriere gemacht und voilà das war es." „Es tut mir leid Ray, ich wollte nicht alte Wunden wieder aufdecken. Das mit deiner Mom tut mir leid." „Danke, aber das ist alles Schnee von gestern, mache dir keine Sorgen um mich, mir geht es gut", versuche ich ihr zu versichern und zwinge mich zu einem Lächeln, weil ich merke dass die Stimmung zu kippen droht.

Wir verbringen noch den Rest des Tages zusammen und am späten Abend bringe ich sie wieder nach Hause. Sie gibt mir noch einen Kuss auf meine Wange und verschwindet im Haus.

Hannah

Claire ist ausnahmsweise mal zu Hause, ich brauche jemanden zum Reden. Wir sitzen zusammen auf dem Sofa, jeder ein Glas Wein in der Hand, den Claire kurz vorher noch aus der Küche geholt hat und fange an zu erzählen. Ich sage ihr, dass Ray mich gerade abgesetzt hat, dass er wundervoll ist, dass die zwei letzten Tage die Schönsten in meinem bisherigen Leben waren aber auch dass ich mir Sorgen um ihn mache. Er ist zuvorkommend, liest mir jeden Wunsch von den Lippen ab aber hat auch harte Züge an sich. Ich habe das Gefühl, dass er etwas verbirgt, manchmal wenn er sich unbeobachtet fühlt, verhärten sich seine Gesichtszüge, ein Schatten liegt auf seinem Gesicht, als wäre er dann eine ganz andere Person.

Claire hört mir aufmerksam zu ohne mich zu unterbrechen. Nach meinen Äußerungen und Zweifel fragt sie dann: „Hast du ihn denn schon mal gefragt was ihn so bedrückt?" „Nein, ich habe mich nicht getraut, die Tage waren so schön mit ihm und ich wollte sie nicht mit einer belanglosen Frage kaputt machen. Claire verstehst du, seit langem ist da wieder jemand der mich Händen trägt, der mir zuhört, mich versteht und zu all dem noch verdammt heiß ist. Aber was ist, wenn er etwas verbirgt, wenn er eine Freundin hat oder vielleicht sogar verheiratet und sieben Kinder hat, vielleicht ist er auch ein Serienkiller." „Ein Serienkiller?" Claire schüttelt unglaublich den Kopf. „Jetzt geht deine Phantasie wieder mit dir durch, genieße es doch einfach, lass dich verwöhnen, entferne die Spinnweben von deiner langen nicht berührten Vagina und zeig's ihm Baby", fügt sie lachend hinzu. „Mach bloß nicht den Fehler dich so schnell in den heißen Typ zu verlieben, hörst du?" Da ich nicht sofort antworte, legt Claire ihren Kopf schief, schaut mir in die Augen und fragt vorwurfsvoll:"Dafür ist es bereits zu spät, stimmt es?"

„Nein, nein, habe ich nicht", antworte ich ihr schnell, „du hast ja Recht, ich lass es einfach mal auf mich zukommen, eine heiße Affäre hat noch niemand geschadet". Wem lüge ich was vor, Claire oder mir? Ich kann ihr doch nicht sagen, dass es um mich geschehen ist. Ich bin Ray verfallen. Ich sticke schon zu tief mit meinen Gefühlen drin, er wird mir so oder so das Herz brechen. Ich stehe auf, gebe Claire dankend einen Kuss auf ihren Scheitel und verschwinde in mein Zimmer. Doch meine Unsicherheit was Ray betrifft, lässt mich nicht in Ruhe. Ich muss ihn fragen, ich muss wissen was los ist, er selbst beteuert immer wieder wie wichtig es ist ehrlich miteinander zu sein, also komme ich zu dem Entschluss ihn gleich morgen zu fragen.

Kurz vorm Einschlafen höre ich das Summen meines Handys, als ich die Nachricht aufmache, sehe ich sie stammt von Ray. Die Schmetterlinge erwachen aus ihrer Starre. „Gute Nacht meine Schöne, schlaf schön und danke nochmal für den wunderbaren Tag". Seelig mit dem Handy auf meiner Brust schlafe ich dann ein.

An den nächsten Tagen, sehe ich Ray nicht aber er schickt mir regelmäßig schöne und aufmunternde Nachrichten. Er fragt mich wie mein Tag verlaufen ist, erzählt ein bisschen von seinem Tag, sagt dass er mich vermisst und wünscht mir jeden Abend eine gute Nacht. Mittlerweile gehe ich nur noch morgens ins Büro, nachmittags habe ich frei, das ist mit Mr. Cooper so abgesprochen. Er wird wohl nicht mehr zurückkommen, seine Gesundheit lässt es nicht zu. Regelmäßig telefonieren wir, natürlich rein beruflich, er sagt mir was ich zu tun habe, was zu erledigen ist und was ich an Kollegen weiterreichen soll. Jedes Mal, wenn ich ihn frage ob ich ihn im Krankenhaus besuchen darf, verneint er. Ich weiß nicht ob es ist ihm peinlich ist, oder zu privat, aber ich muss das akzeptieren.

Ray

Es ist schon verrückt, wie man eine Frau vermissen kann, die man nicht wirklich kennt. Aber der Gedanke, dass ich abends mindestens mit ihr schreiben kann und mich mit ihr austauschen kann, lässt mich den Tag überstehen.

Es gibt noch soviel was ich machen muss bevor ich die Kanzlei von meinem Vater übernehmen kann. Zudem verschlechtert sich sein Gemütszustand rapide. Er hat regelmäßig Fieber, selbstständig aufstehen kann er auch nicht mehr. Es ist deprimierend ihn so leiden zu sehen. Umso schneller muss es jetzt mit der Übernahme gehen. Meine Mandanten habe ich bereits informiert, dass ich das Anwaltsbüro verlasse und mich selbstständig mache. Die laufenden Fälle werde ich an meine Kollegen weitergeben, auch hier sind die notwendigen Schritte eingeleitet.

Einen Termin beim Notar haben wir bereits gemacht, er wird wohl ins Krankenhaus kommen müssen. Es fehlen noch einige Kleinigkeiten, die geklärt werden müssen, so wie zum Beispiel besteht mein Vater darauf, dass seine Assistentin weiterhin in der Kanzlei beschäftigt bleibt, warum auch immer. Ich habe noch nicht mit dieser Frau gesprochen, aber das steht weit oben auf meiner Liste. In zwei Wochen steht ein Termin in der Kanzlei an, alle Mitarbeiter werden zusammengerufen und dann wird mein Vater mich über Videocall zu seinem Nachfolger ernennen. Natürlich steht es den Leuten dann frei zu gehen oder unter meinen Bedingungen weiterzuarbeiten. Ich setze natürlich niemanden vor die Tür, auch eine Bedingung die mein Vater schriftlich festlegen möchte, aber eins ist klar unter meiner Führung wird es etwas anders laufen wie bisher.

Als ich heute Abend nach einem langen Tag endlich auf der Couch liege, die Krawatte gelöst, denke ich wieder an Hannah. Was sie wohl gerade macht, ich zücke mein Handy und schreibe ihr. Wenn ich ihr schreibe ist es als würde sie neben mir sitzen, so vertraut, so nah, sie hat eine beruhigende Wirkung auf mich. Die Nachrichten abends sind aktuell meine Highlights. Ich kann es nicht erwarten sie wieder zu sehen, sie in meine Arme zu schließen und ihren süßen Duft einzuatmen. Gott sie wie sie mir fehlt und genau das schreibe ich ihr dann auch bevor ich ihr eine gute Nacht wünsche.

Ich würde ihr am liebsten noch ganz andere Dinge schreiben aber ich weiß nicht ob ich sie damit nicht überfordre oder sogar abschrecke. Am liebsten würde ich ihr gerne schreiben, dass ich jede Nacht von ihr träume, wie sie nackt in meinem Bett liegt, sich in meinen Bettlaken rekelt, ich ihren makellosen Körper mit Küssen bedecke, ihre Brüste massiere. Mit den Fingern zart über ihre samtig weiche Haut streichele, bis sie den Weg zu ihrem schlanken Oberschenkel finden. Sanft schiebe ich ihre Beine auseinander... Nein das kann ich ihr nicht schreiben aber genau so läuft es jede Nacht in meinem Traum ab und jeden verdammten Morgen wache ich dann mit einem Ständer auf, den ich nur unter einer kalten Dusche wieder beruhigen kann.

Hannah

Endlich, endlich ist Freitag und ich werde Ray heute sehen. Er holt mich nachher ab und darüber freue ich mich total. Seine täglichen süßen Nachrichten haben mich über die Woche gebracht und trotzdem habe ich ihn vermisst. Ihm geht es aber genauso, das habe ich aus seinen Nachrichten raus gelesen.

Pünktlich wie die Maurer steht Ray dann auch vor der Tür, er sieht zum Anbeißen aus, er nähert sich meinem Gesicht und haucht mir einen Kuss auf die Wange, die Stelle wird von einer Hitze erfasst und jagt durch meinen Körper, das Ziehen in meinem Unterleib wird unerträglich. Bevor meine Knie versagen, weil sie vor Aufregung und Erregung versagen bitte ich ihn rein.

„Ich hole schnell meine Handtasche dann können wir los", doch ehe ich mich richtig umdrehen kann, fasst Ray mein Handgelenk und wirbelt mich rum. Ich lande in einer Umarmung, unsere Körper trennen nur Millimeter, ich kann seinen Herzschlag spüren, meine Hand liegt auf seiner Brust. An seiner schnellen Atmung merke ich, dass auch er aufgeregt ist. Er drückt mir einen Kuss auf meinen Mund, erst zart, dann fordernd, wie ausgehungert. Unsere Zungen finden sich, umspielend, er zieht mich fester an sich ran, meine Finger fassen sein Haar, die andere Hand liegt immer noch auf seiner Brust, ich kann seine Erektion spüren, die gegen meinen Bauch drückt.

Während wir uns küssen dreht er mich, drückt mich mit meinem Rücken gegen die Haustür, hebt mich hoch, meine Beine umklammern seine Hüften. Wir fallen regelrecht übereinander her. Ich ziehe ihm das Shirt aus der Hose und schiebe meine Hand drunter, spüre seine nackte warme Haut. Er fühlt sich so gut an, weich aber auch muskulös. Ich sitze quasi auf seiner Hand, die mich immer noch gegen die Wand stemmt.

Plötzlich räuspert sich jemand: „Holt euch doch ein Zimmer"! Verdammt Claire, ich hatte komplett vergessen, dass sie auch noch hier ist. Ich zappele auf Rays Arm, er lässt mich runter mit einem schelmischen Grinsen im Gesicht, ich zupfe nervös an meinem Kleid um es wieder an den richtigen Platz zu rücken, mein Gesicht droht zu explodieren, ich bin rot wie eine Tomate im Gesicht, fliehe regelrecht in mein Zimmer um meine Handtasche zu holen. Ich höre nur noch wie Claire sich kaputt lacht.

Ray

Oh mein Gott, hätte Claire uns jetzt nicht gestört, dann könnte ich für nichts garantieren. Hannah war so überrascht, dass sie fast auf den Boden gefallen ist. Richtig süß wie rot sie geworden ist und förmlich in ihr Zimmer geflüchtet ist unter dem Vorwand ihre Tasche holen zu müssen.

Den Abend verbringen wir in einem schicken Restaurant und danach fahren wir zur Fabrik wo schon eine Menge los ist. Dort treffen wir ihre Freunde, die gleichen Personen wie damals an dem Tag als ich Hannah zum ersten Mal küsste. Dieser Mark ist auch mit von der Partie, wie er sie immer wieder anschaut, Hannah hat ihm mir als einen Freund vorgestellt aber ich glaube er hatte sich mehr erhofft. Seine Reaktion auf mich war eindeutig. Den ganzen Abend sitze ich neben ihr, meinen Arm um ihre Taille gelegt, ich kann die Hitze spüren, die von ihrem Körper aus geht, ihr Bein berührt meins, auch an ihr gehen diese kleinen Berührungen nicht nahtlos vorbei. Jedes Mal, wenn wir uns berühren, ist es wie ein kleiner Stromschlag, eine leichte Gänsehaut ist auf ihren Unterarmen erkennbar. Wie sie mich anschaut mit ihren großen Rehaugen, diese Lust in ihren Augen, sie fährt sich nervös mit der Zunge über den Mund was mich noch mehr anmacht. Ich muss mich zusammenreißen.

Irgendwann zieht sie mich auf die Tanzfläche, sie fühlt den Rhythmus und gibt sich ihm hin. Instinktiv schließt sie die Augen und bewegt ihre Hüften im Takt. Während ich sie beobachte, stelle ich fest, dass ich mich Hals über Kopf in diese Frau verliebt habe. Ich ziehe sie an mich ran, nehme sie fest in den Arm und wir tanz eng umschlungen auf den Beat. Unsere Körper dicht zusammen, ich kann ihren Atem spüren, meine Hand in ihrem Nacken, mit dem Daumen streichele ich ihr Genick, unsere Augen treffen sich. Es ist uns egal, dass es sich nicht mal um ein ruhiges Lied handelt, wir tanzen engumschlungen weiter, es gibt nur uns beide auf der Tanzfläche, alles andere ist verblasst.

Ich küsse sie, zuerst sachte doch als sie meinen Kuss erwidert, wird der Kuss fester, fordernder. Die Begierde nach ihr wird immer grösser, was ich auch an meiner Hose merke, die vorne immer enger wird. Mein Schwanz drückt an meine Hose, Hannah scheint es auch gemerkt zu haben, denn sie drückt sich auch fester an mich und reibt mit ihrem Bauch dagegen. Ihre Brüste berühren meinen Oberkörper, wie gerne würde ich jetzt gerne berühren. Sie in meine Hand nehmen und kneten, ihre Nippel liebkosen. Als könne sie meine Gedanken lesen, entfährt ihr ein leises Stöhnen. Sie öffnet ihre Augen und ich kann das Verlange in ihr sehen

„Lass uns gehen!" Mehr bringe ich nicht zu Stande. Auch sie kann nur nicken und so packe ich ihre Hand und wir verlassen die Fabrik auf der Suche nach einem Taxi. Im Taxi können wir unsere Finger nicht von einander lassen. Wir knutschen auf der Rückbank, ihr Bein ist über meine gelegt, am liebsten hätte ich sie auf mich gezogen. Ihre Finger schieben sich unter mein Shirt, die Fingerspitzen berühren meine Haut. Schon diese Berührungen reichen damit meine Hose immer enger wird. Verdammt wie lange braucht dieses scheiß Taxi denn noch.

Hannah

Ich sitze schon fast auf seinem Schoss. Kann meine Finger nicht von ihm lassen. Er packt meinen Hintern, zieht mich näher an sich ran. Ich kann seine Erektion spüren, er packt fester zu, massiert meine Pobacke, die schon fast nicht mehr von meinem Kleid überdeckt ist. Die andere Hand liegt auf meiner Brust, knetet sie. Er streichelt über meine Nippel, die sich ihm entgegenstrecken. Meine Brustwarzen sind so hart, am liebsten würde ich mich hier im Taxi von meinem BH entledigen. Ich spiele mit seinem Haar, küssen uns leidenschaftlich, schon fast gierig. Sie Hand wandert von meinem Po zu meiner Mitte. Er streift mit den Fingern über meinen feuchten Slip, ich kann ein Stöhnen unterdrücken.

Ray schiebt einen Finger unter meinen Slip und fährt langsam durch meine nasse Spalte. Seine Augen verdunkeln sich vor Verlangen, ich öffne den Mund vor Lust, wir können es beide nicht mehr unterdrücken, ich will diesen Mann, jetzt.

Das Taxi hält, ich klettere von ihm runter, Ray zahlt und wir stürmen buchstäblich ins Haus. Im Aufzug zu seiner Wohnung, raunt er mir ins Ohr: „Ich will dich Hannah, du bist so heiß, du machst mich verrückt". Er presst mich gegen die Wand, drückt mir seinen Mund auf meinen, stößt mit der Zunge in meinen Mund, fordernd schon fast grob. In seiner Wohnung angekommen, noch während er mich durch die Tür schiebt, küsst er mich. Ich ziehe ihm das Shirt über den Kopf. Sein Oberkörper ist wie gemeißelt. Muskeln zeichnen sich ab, nicht zu viel, nicht zu protzig aber schön definiert. Ich fahre die Linien mit dem Finger nach, bis zu seinem Hosenbund. Öffne die Gürtelschnalle, den Knopf, den Reißverschluss seiner Hose und schiebe sie runter. Er steigt aus seiner Hose und steht nur noch in Boxershorts vor mir, ein Bild von einem Mann.

Er packt meine Arme und hebt sie nach oben, ich verbleibe in dieser Position. Ray schiebt mir das Kleid über meinen Kopf und wirft es arglos auf den Boden. In meiner schwarzen Spitzenunterwäsche stehe ich vor ihm. Ich kann sehen wie er Luft durch die Zähne zieht. „Lass mich dich anschauen, jeden Zentimeter deines wunderbaren Körpers will ich mir einprägen." Normalerweise wäre es mir unangenehm so angestarrt zu werden aber bei Ray nicht. Er gab mir das Gefühl begehrenswert zu sein. Dann kommt er langsam auf mich zu, zieht mich an sich, öffnet meinen BH. Mit beiden Händen packt er meine Brüste, knetet sie, kneift leicht in meine Brustwarzen, sie sich ihm entgegen strecken. Er küsst mein Schlüsselbein und bedeckt mich mit Küssen bis er dann eine Brust in den Mund nimmt und daran saugt. Er fährt mit der Zunge über den Nippel. Ich werfe meinen Kopf in den Nacken und lasse es geschehen, merke wie ich feuchter werde und kann das Stöhnen nicht mehr unterdrücken. Langsam streift er mir meinen Slip ab und schaut mir währenddessen in meine Augen. Auch er zieht sich seine Shorts aus und was ich da zu sehen kriege, treibt mir etwas Wärme ins Gesicht. Er hebt mich hoch und küsst mich. Und während unsere Zungen miteinander spielen und wir uns leidenschaftlich küssen, trägt er mich in sein Schlafzimmer und legt mich auf sein Bett.

Ray

Diese Frau raubt mir den Verstand. Sie ist so wunderschön, ihre Brüste passen perfekt als wären sie für meine Hände gemacht. Sie liegt auf meinem Bett, nackt, ihre Beine leicht gespreizt, nein sie ist keins von diesen Hungerhaken, sie hat Rundungen genau da wo eine Frau welche haben soll, sie ist perfekt. Sie liegt unter mir und meine Finger können nicht von ihr lassen, ihre Haut ist so weich und sie reicht so gut, nach wilden Kirschen.

Ich übersähe sie mit Küssen, streichele ihre Brüste, zupfe an ihren harten Nippel, die sich mir entgegenstrecken, nehme sie in den Mund, sauge daran, beiße sie zaghaft, höre wie sie die Luft anhält, fahre mit der Zunge von der Brust bis zum Nabel und meine Finger finden den Weg zu ihrer Mitte. Sie ist so nass, nur für mich. Ich reibe mit den Fingern über ihren Schlitz, reibe über ihre Knospe, sie beugt sich mir entgegen, verlangt nach mehr, langsam fahre ich mit der Zunge über ihre Scheide. Ihre Finger krallen sich in meinen Haaren fest. Sie windet sich unter mir und dann fange ich an zu lecken. Immer schneller, sie keucht und stöhnt. Mit einer Hand krallt sie sich an der Bettdecke fest. Drückt ihren Unterkörper fester an meinen Mund, sie schmeckt so gut und sie scheint mehr zu wollen. „Bitte Ray", jappst sie. Kurz bevor ihre Atmung schneller wird, höre ich auf. Sie schaut mich entsetzt an aber sieht warum ich aufgehört habe. Ich streife mir das Kondom über mein steifes Glied, stelle mich vor das Bett und ziehe sie näher an mich ran. Ich schaue in ihre Augen, ihre wunderschönen braunen Augen, ihre Backen sind leicht errötet, sie nickt und dann bin ich auch schon in ihr. Zuerst langsam, spüre wie sie sich für mich öffnet und dann stoße ich zu, sie schreit kurz auf aber drückt sich gleichzeitig fest an mich ran. Und dann kann ich nicht anders als sie zu nehmen, immer fester immer schneller. Sie ruft meinen Namen, stöhnt, drückt ihre Fingernägel in meinen Rücken als gäbe es kein Halt mehr. Eine Welle der Lust rollt über sie, spüre wie sich ihre Muskeln zusammenziehen und sie zum Höhepunkt kommt. Noch einmal stoße ich zu und dann komme auch ich. Erschöpft und befriedigt lege ich mich neben sie.

Sie dreht sich zu mir, schaut mir tief in die Augen und sagt: „Das war der Wahnsinn!" „Nein" antworte ich ihr, „du bist der Wahnsinn, jemand wie dich habe ich noch nie getroffen." Sie kuschelt sich an mich, zieht die Decke über uns und gibt mir einen Kuss in den Hals. Ich habe meinen Arm um sie gelegt und sie liegt so an mich gedrückt. So liegen wir dann eine Zeit lang, verloren in unseren Gedanken. Sowas wie das ist mir noch nie mit einer Frau passiert, ich hatte schon eine Menge Frau, das ist nichts vorauf ich im Nachhinein stolz bin, ich habe schon viele zum Höhepunkt gebracht aber mehr als ein Fick war das nie. Meistens habe ich direkt danach aus dem Staub gemacht oder sie aus meiner Wohnung geworfen. Hier jetzt mit

Hannah zu kuscheln ist neu, aber es fühlt sich verdammt noch mal gut und richtig an.

In dieser Nacht lieben wir uns nochmal, langsamer, intensiver, erkunden uns gegenseitig. Irgendwann schlafen wir dann Arm in Arm ein.

Hannah

Ich blinzele beim Versuch die Augen aufzumachen. Die Sonne scheint durch die Rollläden Im ersten Moment bin ich etwas desorientier. Sehe mich und schlagartig wird mir klar, dass ich in Rays Bett liege. Ein Grinsen schleicht sich in mein Gesicht, wenn ich an letzte Nacht denke. Ein wohliges Gefühl macht sich in meinem Bauch breit, Schmetterlinge fliegen wild durcheinander, mein Unterleib ist noch etwas wund aber auch ein leichtes Ziehen macht sich bemerkbar, wenn alles Revue passieren lasse. Ich spüre wie die Hitze in mein Gesicht steigt. Diese Nacht war einfach der Wahnsinn und Ray ist so aufmerksam, einfühlsam, wir haben uns mehrmals geliebt und jedes Mal hat er mich zum Beben gebracht. Er ist auf meine Bedürfnisse eingegangen, hat dafür gesorgt, dass ich mich begehrenswert fühle. Ich habe immer gedacht, dass mein Sexleben gut ist aber er hat mich zum Besseren belehrt.
Wo ist er überhaupt, ich drehe mich um. Das Bett ist leer, die Laken fühlen sich kalt an also muss er schon länger auf sein. Ein ungutes Gefühlt kommt in mir hoch. Wollte er vielleicht nur Sex mit mir und will mich jetzt los werden? Ist es ihm überhaupt Recht, dass ich die Nacht hier verbracht habe? Aber bevor ich mich da rein steigere geht die Tür auf und Ray, in Boxershort bekleidet, steht mit einem Tablett mit Frühstück im Türrahmen.

„guten morgen Sonnenschein, gut geschlafen?" fragt er mit einem schelmischen Grinsen im Gesicht. „ich wusste nicht was du magst, deshalb habe ich mal schnell Croissants und Brötchen geholt aber wenn du willst kann ich dir auch Spiegeleier machen."

Ich wickele mich etwas halbherzig in das Laken und lehne mich gegen das Kopfteil. Er setzt sich neben mich aufs Bett, jongliert mit dem Tablett. Ich schnappe mir eine Tasse Kaffee und ein Croissant, das ist prompt in den Kaffee tunke und beiße genüsslich rein.

„Ah das tut gut, das habe ich gebraucht, ich habe solch einen Hunger." Ray lacht auf: „das ist nicht zu übersehen, wie du über das arme Croissant herfällst." „Bist du etwa eifersüchtig, weil ich nicht über dich herfalle?" necke ich ihn. „pah, ich bin doch nicht neidisch und schon gar nicht auf ein Croissant", fügt er grinsend hinzu. Nochmal beiße ich zu, lecke mir über meine Lippen und lasse Ray dabei nicht aus den Augen. Etwas Elektrisierendes liegt in der Luft. „Ja neidisch, weil ich das Croissant bevorzuge". „Ist da so?" fragt er mit belegter, rauer Stimme. Er schiebt das Tablett auf den Nachttisch, nimmt mir meine Tasse aus der Hand, auch die verfrachtet er auf den Nachtisch. Schaut mir noch mal tief in die Augen und zieht mich dann ohne Vorwarnung auf sich. Meine Arme hält er fest auf meinem Rücken zusammen und küsst mich auf den Mund Erst zaghaft, dann immer fordernder. Seine Zunge sucht sich ihren Weg in meinen Mund, umspielt meine. Dann wandert sein Mund weiter zu meinem Hals, beißt in meinen Hals, ein leichtes Stöhnen entweicht meinen Lippen. Er lässt meine Arme los und dreht mich dann auf den Rücken, bleibt kurz auf mir liegen und schaut mir in die Augen.

„Weißt du, dass du mich wahnsinnig machst?" zart fährt er mit den Fingern über meine Wangen, die genau an den berührten Stellen anfangen zu glühen. „Du bist so wunderschön, ich kann nicht aufhören, dich anzuschauen". Langsam gehen seine Finger auf Wanderschaft, ertasten meine Brüste, runter zu meinem Bauch, sie schweben leicht über meiner Haut und bereiten mir eine Gänsehaut. Dann zu meinem Oberschenkel, den massiert und dabei streift er immer wieder mit seinem Daumen an meiner Scheide entlang. Meine Atmung geht schneller, mein Gesicht glüht, Hitze macht sich in meinem Unterleib breit.

„Und du bist unersättlich" hauche ich bevor meine Stimme vor Verlangen bricht. Während er mich weiter massiert und sich seine Finger immer näher zu meiner feuchten Mitte bewegen, bleiben seine Augen fest auf meine gerichtet. Ich winde mich unter seinen Bewegungen, bäume mich ihm entgegen. Mit dem Daumen fährt er mit kreisenden Bewegungen über meine Perle. Ich schnappe nach Luft. Doch dann führt er seinen Finger ein, der Daumen reibt weiterhin über meine empfindliche Stelle. Immer wieder schiebt er den Finger rein und wieder raus, japsend bitte ich ihn um Erlösung, doch Ray denkt nicht dran. Er schiebt einen weiteren Finger in mich, schaut mir weiterhin in die Augen. Ich kralle mich am Bett fest, seine Bewegungen werden immer schneller. Ich kann mich nicht zurückhalten, meine Scheide zieht sich zusammen, ich komme, der Orgasmus rollt wie eine Flutwelle über mich hinweg. Immer noch nach Luft ringend, versuche ich mich zu beruhigen, Ray legt sich neben mich, drückt mir einen Kuss auf die Schläfe, dreht mich und holt mich von hinten in den Arm. Er kuschelt sich an mich, diese Aktion eben ist auch nicht nahtlos an ihm vorbei gegangen ich kann seine Erektion in meinem Rücken spüren.

„Ich nehme es zurück, ich bevorzuge doch nicht das Croissant."

Ray fängt an zu lachen. Eine zeit lang bleiben wir so liegen und schweifen mit den Gedanken ab.

Ray

Wie verbringen noch den morgen im Bett, doch irgendwann steht Hannah im Laken eingewickelt auf und verschwindet im Bad. Ich höre wie sie die Dusch anstellt. Die Tür steht einen Spalt offen, ist das eine Einladung.

Langsam gehe ich zur Tür, schaue durch den Spalt und sehe wie sie sich ein schamponiert, sie steht mit dem Rücken zu mir und ich sehe nur wie das Wasser und der Schaum über ihren sinnlichen Körper läuft. Sie verteilt die Seife, die dann an ihren langen Beinen herunterläuft.

Dieser Anblick reicht, ich bin so scharf auf diese Frau. Ich streife meine Boxershorts ab und steige zur ihr in die Dusche. Ich drücke mich fest an sie und knete von hinten ihre weichen Brüste. Sie legt ihren Kopf auf mein Schlüsselbein und lässt sich gewähren. Mein steifes Glied drückt gegen ihren Rücken. Sie schmiegt sich noch fester gegen mich. Sie riecht so gut, ich streichle ihren Körper von ihrem Nacken bis zum Po und lege dann meine Hand auf ihre Vulva. Ich küsse ihre Schultern. Ihr gefällt was ich mit ihr mache, das kann ich spüren und ihre Atmung verrät, dass sie ihren Mund geöffnet hat. Sachte drücke ich sie gegen die Duschwand während ich mit einer Hand ihre Brust massiere und mit der anderen Hand ihre Scheide streichle. Mein Schwanz wird immer härter und dann kann ich nicht anders als sie von hinten zu nehmen. Ich bin tief in ihr drin und will immer noch tiefer. Sie schnappt nach Luft, keuchend und lustvoll. Sie ist so eng, es ist ein atemberaubendes Gefühl wie sie sich ihr Innerstes um meinen Penis legt, als wären wir eins. Sie stöhnt auf und ruft meinen Namen, noch einmal, noch einmal schiebe ich, drücke sie fester an die Wand und dann komme ich zum Höhepunkt. Sekunden später bebt auch sie. Für einen Moment bleiben wir noch in der Position, dann dreht sie sich um gibt mir einen liebevollen Kuss und kuschelt sich in meine Arme.

Hannah

Den ganzen Samstag verbringen wir in Rays Wohnung. Er hat mir Klamotten von sich geliehen, die mir zwar zu groß sind aber wenigstens sauber.

Ray hat eine große Wohnung. Sie verfügt über eine kleine Terrasse, die zu gemütlichen Abenden bei Sonnenuntergang einlädt. Es hat eine offene Küche, die zum Esszimmer führt und dann weiter zum Wohnzimmer. Hinten befinden sich dann das Bad und zwei Schlafzimmer. Alles ist modern und kostspielig eingerichtet, das kann man an den Möbeln sehen und spüren. Die hohen Fenster, sorgen für das nötige Licht, alles hat seinen Platz, Farben sind aufeinander abgestimmt, die Kissen auf der Couch wirken platziert, überall ist sauber und aufgeräumt aber irgendwie fehlt mir das gewisse Etwas. Es wirkt kalt und steril, die persönliche Note fehlt. Klar gibt es Bilder an den Wänden aber keine Fotos, keine Urlaubserinnerungen oder sonstiges, nichts was darauf schließen lässt, dass hier jemand seit Jahren lebt. Es sieht so aus als wäre es aus einem Katalog entsprungen, eingerichtet für ein Foto für das Magazin Schöner Wohnen.

Als ich Ray darauf anspreche, meint er nur dass die Wohnung nur Mittel zum Zweck ist. Er ist nur zum Duschen und Schlafen hier. Tagsüber im Büro, isst oft auswärts und empfängt selten Besuch. Als er die Wohnung gekauft hat, hat er jemanden engagiert, der sie einrichtet und seitdem ist sie so wie sie ist. Also wenn ich da an meine Wohnung denke, da herrscht das reinste Chaos. Claire und ich schaffen es nie länger als einen Tag und dann sieht es wieder aus als hätte eine Bombe eingeschlagen aber wir fühlen uns wohl in unserem Chaos und das ist die Hauptsache. Ob Ray sich hier wirklich wohl fühlt?

Wir reden und lachen viel, albern rum und machen es uns auf seiner Terrasse gemütlich. Er muss leider etwas arbeiten und ist deshalb in einer Akte vertieft während ich eingerollt in einer dünnen Decke auf dem Liegestuhl liege und meine Nase in ein Buch stecke, das ich vorhin in seinem Büro gefunden habe.

Abends liegen wir zusammen gekuschelt auf der Couch und wollen uns einen Film anschauen. Ray hat Pizza bestellt, die wir schon vor dem Film verschlungen haben. Nun liegen wir engumschlungen unter der weichen Decke, ich liege in seinen Armen, mit dem Kopf auf seiner Brust. Er streichelt mir über den Rücken während er konzentriert dem Geschehen im Psychothriller folgt. Meine linke Hand liegt auf seiner Brust, ich kann es immer noch nicht glauben, es sind erst einige Tage vergangen und doch fühlt sich alles zu vertraut an. So als wäre es nie anders gewesen.
Ich blicke von unten in sein Gesicht, ich bin glücklich und mir wird klar das ist mein Mr. Right, ja ich liebe diesen Mann, der vor zwei Wochen erst plötzlich in mein Leben getreten ist, als ob er Gedanken lesen könne, drückt er mir einen Kuss auf die Stirn und drückt mich noch näher an sich ran.

Eine Zeitlang läuft der Film, keiner sagt was, wir schenken unsere ganze Aufmerksamkeit den Schauspielern, die um ihr Leben kämpfen. Ray streichelt immer noch meinen Rücken doch als er mir nichts, dir nichts anfängt mit der Hand durch meine Haare zu fahren, merke ich wie seine Berührungen mich nicht kalt lassen. Die Schmetterlinge in meinen Bauch erwachen aus ihrem Tiefschlaf, mein Unterleib kribbelt, meine Hand verschwindet unter sein Shirt. Ich ertaste seine Bauchmuskeln, kraule seinen Bauch. Langsam gleitet sie dann von Bauch zum Bund seiner Shorts. Ich hebe den Bund etwas an und schiebe meine Hand in seine Shorts. Umklammere sein Glied und fange an zu kneten. Langsam fahre ich rauf und runter, es wird immer härter. Ray legt den Kopf in den Nacken und ich setze mich zwischen seine Beine. Ich massiere immer noch das rosig schimmernde Glied, das sich mir entgegen streckt. Und dann mache ich etwas was ich noch nie zuvor für einen Mann gemacht habe. Ich habe mich immer davor geekelt aber jetzt scheint es genau das Richtige zu sein.

Ich nehme ihn in den Mund und fange an zu saugen. Lecke über seine glänzende Spitze. Ray kommt in Fahrt, im Rhythmus sauge ich daran und knete seine Hoden, er schnappt nach Luft, schnalzt mit der Zunge und packt mich am Hinterkopf an den Haaren, doch bevor er kommen kann, richte ich mich auf und setze mich auf ihn drauf, wir kommen fast gleichzeitig. Den Film haben wir total vergessen und als wir uns wieder dem Fernseher widmen läuft der Abspann.

Ray

Ich könnte mich daran gewöhnen jeden morgen mit dieser Frau wach zu werden. Hannah liegt neben mir und schläft, sie sieht aus wie ein Engel, ihre Haare liegen wie ein Fächer auf dem Kissen, ihr Mund ist leicht geöffnet und sie gibt niedliche Geräusche von sich, wenn sie vor sich hin schlummert. Leise versuche ich aus dem Bett zu steigen um mir einen Kaffee zu machen.

In der Küche bereite ich alles für ein gemeinsames Frühstück vor. Ich bin ein echter Softy geworden aber es ist mir egal. Mit Hannah fällt es mir total leicht anders zu sein, sie bringt meine guten Seiten zum Vorschein. Ich hätte nie gedacht, dass eine Frau es schaffen könnte mich zu zähmen, habe nicht gedacht, dass ich mich daran gewöhnen kann jeden Abend dieselbe Frau in meinem Bett zu haben und dies nicht nur für ein paar Stunden. Es fühlt sich schon normal an mein Bett und Bad mit Hannah zu teilen.

Ich schüttele selber den Kopf über mich und meine Gedanken und bin so darin versunken, dass ich schon fast erschrecke als mich jemand von hinten umarmt. Hannah steht mit zerzaustem Kopf hinter mir, sie hat sich ein T-Shirt von mir übergestreift, drunter scheint sie immer noch nackt zu sein. So wie sie da steht in meinem Shirt, mit ihren nackten langen Beinen, ihr zerzaustes Haar und dieses wunderbare Lächeln im Gesicht wird mir klar wie sehr ich sie liebe, ich bin ihr verfallen.

Zart hauche ich ihr einen Kuss auf den Mund. „Guten Morgen, gut geschlafen? Habe ich dich etwa geweckt?" „Nein, ich habe den Kaffee gerochen und wie du weißt sterbe ich für Kaffee am Morgen", entgegnet sie mir lächelnd.

„Bleib heute hier, geh nicht nach Hause, bleibe bei mir, wir könnten den Tag noch zusammen verbringen und natürlich die Nacht und dann bringe ich dich morgen früh zur Arbeit. Bitte", flehe ich sie an.

„Du weißt ich kann nicht, ich bin jetzt schon drei Tage bei dir. Claire hat bestimmt schon eine Vermisstenanzeige aufgegeben", antwortet sie mir. „Und ich brauche neue Klamotten, so schön deine Shirts auch sind aber ich kann nicht so zur Arbeit gehen, was werden meine Kollegen sagen"? „Aber wenn du willst komme ich morgen nach der

Arbeit zu dir und dann holen wir die Nacht nach", fügt sie lächelnd hinzu und wackelt mit den Augenbrauen.

„Okay, das ist ein Angebot aber zuerst wird noch gefrühstückt und dann bringe ich dich nach Hause".

„Dazu sage ich nicht nein". Sie setzt sich auf den Barhocker und schaut sich um. „Das sind phantastisch aus, machst du das für alle deine Freundinnen?" fragt sie und steckt sich eine Erdbeere in den Mund.

Dieser Satz hallt in meinen Ohren. Ich schaue sie an vielleicht etwas zu lange denn ihr Lächeln verschwindet und sie wirkt etwas unsicher. Ich nehme ihre Hände in meine, lege meinen Kopf schief um sie besser anschauen zu können und sage: „Ich habe noch nie für jemanden Frühstück gemacht, die Frauen, die ich vor dir hatte haben nicht mal die Nacht hier verbracht. Aber du Hannah, du bist etwas ganz Besonderes, das mit dir fühlt sich gut an. Vor dir hatte ich keine ernsthaften Beziehungen, nichts von langer Dauer. Aber Hannah das hier wünsche ich mir, ich wünsche mir, dass es funktioniert, lass es uns versuchen, es fühlt sich gut und richtig an. Was sagst du"?

Ihre Wangen verfärben sich, sehe ich da etwa Tränen in den Augen, sie schluckt hart und räuspert sich: „Ich möchte es auch versuchen, mehr als du denkst." „Aber warum weinst du dann?" Ich schließe sie fest in meine Arme und halte sie. „Ich weine vor Glück, das sind Freudetränen", schluchzt sie.

Lächelnd schiebe ich sie etwas von mir weg, dann hauche ich ihr einen Kuss auf den Mund, glücklich über die Entwicklung unseres Gesprächs.

Hannah

Die nächsten Tage vergehen wie im Flug, tagsüber bin ich in der Kanzlei und abends treffe ich mich mit Ray. Meistens sind wir bei ihm zu Hause, ungestört.

Weiterhin erhalte ich meine Anweisungen von meinem Chef per Telefon, die Übernahme steht an und alle sind etwas aufgeregt. Niemand hat bis jetzt den neuen Chef gesehen oder gesprochen. Die Gerüchteküche brodelt, einige behaupten Leute würden entlassen werde, andere wiederrum behaupten die Kanzlei wird verkauft. Alle sind für sich hinter verschlossenen Türen, in ihren Büros versteckt, eine angespannte Stimmung herrscht, ein brodelndes Fass was kurz vor der Explosion steht.

Am Mittwoch ruft mein Chef mich an und bittet mich alles für die Übernahme vorzubereiten. Er kündigt den Besuch seines Sohnes für Freitag an und wenn ihm gefällt was er sieht wird er am kommenden Montag die Papiere unterschreiben. Mr Cooper tritt dann zurück und gibt das Zepter an seinen Sohn weiter, der die Kanzlei dann offiziell leiten wird. Er versichert mir nochmal, dass ich mir keine Sorgen machen brauche, er habe schriftlich festgelegt, dass ich weiterhin der Kanzlei erhalten bleibe.

Wie in Trance antworte ich ihm, dass ich dafür sorgen werde, dass Junior die notwendigen Dokumente erhalten sowie auf meine Unterstützung und die der Kollegen zählen kann. Als er dann auflegt, sitze ich noch eine Weile mit dem Hörer in der Hand da und bin wie erstarrt, das war es also Mr. Cooper kehrt nicht mehr zurück. Und Raymond Cooper wird die Kanzlei übernehmen. Am Freitag werde ich diesen Chauvinisten kennen lernen, ein mulmiges Gefühl breitet sich in mir aus. Es wird schon nicht so schlimm werden, du kennst ihn nicht einmal, geredet wird viel, male nicht schon den Teufel an die Wand, versucht mein Kopf mich zu beruhigen aber dieses Gefühl in meinem Bauch sagt mir etwas anderes und ich sollte Recht behalten.

Ray

Heute bin ich schon früh auf, Hannah hat bei sich übernachtet, sie hat wohl in der Arbeit sehr viel zu tun und hat mich auf das nächste Wochenende vertröstet. Sie meinte sie brauche heute einen klaren Kopf, sie wird mich am Wochenende aufklären, anfangs war ich etwas enttäuscht aber verstehen kann ich sie schon, wir sind in der letzten Zeit nicht viel zum Schlafen gekommen, wenn sie hier übernachtet hat.

Es ist so still in der Wohnung. Ihre hektische Art wie sie morgens schon durch die Wohnung wirbelt, weil sie es bis zur letzten Minute aufschiebt aufzustehen und sie dann natürlich nicht zeitig fertig wird, fehlt mir und lässt mich schmunzeln. Schon komisch wie das Ganze sich entwickelt hat. Hannah ist seit drei Wochen fast jede Nacht bei mir, einige ihrer Sachen liegen bereits in meinem Bad und Wechselklamotten hängen auch schon in meinem Schrank. Aber es stört mich nicht, es ist als wäre es schon immer so gewesen, sie gehört hierhin.

Weil es so erdrückend ruhig ist, fühle ich mich in meiner eigenen Wohnung unwohl. Ich beeile mich mit meiner Morgenroutine und beschließe kurzer Hand bei meinem Vater vorbei zu schauen und nochmal über den vorherstehenden Besuch in der Kanzlei zu reden.

Er liegt in seinem Bett. Sein Gesicht ist blass und schmal, eingefallen. Er ist um Jahre gealtert, das Atmen fällt ihm schwer. Sein Zustand verschlechtert sich zunehmend. Umso wichtiger ist es die Übernahme ohne weiteren Vorkommnisse über die Bühne zu bringen. Er freut sich mich zu sehen, seine Augen blitzen kurz auf, er reicht mir die Hand, die ich dann auch festhalte. Anfangs reden wir über Belangloses und dann über die Kanzlei. Ich muss ihm noch mal versprechen mich gut um sein Vermächtnis zu kümmern, keiner darf entlassen werden. Er ist mit Veränderungen einverstanden aber sein Lebenswerk soll erhalten bleiben.

Ich verspreche ihm mir heute alles genau anzuschauen und dann am Montag mit dem Notar ins Krankenhaus zu kommen um die notwendigen Papiere zu unterschreiben.

Dann mache ich mich zu Fuß auf den Weg zur Kanzlei, muss den Kopf etwas frei machen, es wäre gelogen wenn ich behaupten würde der Zustand meines Vaters und die Übernahme der Kanzlei würde spurlos an mir vorbei ziehen. Vor dem Gebäude bleibe ich nochmal stehen, lege den Kopf in den Nacken und atme nochmal tief durch und dann steige ich die Treppe hoch.

Hannah

Ich habe mich kurz in die Küche verdrückt um mir einen Kaffee zu holen. In der Kanzlei laufen meine Mitarbeiter durch die Gänge und Büros wie aufgescheuchte Hühner. Alle sind sie aufgeregt wegen dem neuen Chef.

Zu behaupten, ich würde mich freuen ihn endlich kennen zu lernen wäre zu viel gesagt. Um ehrlich zu sein habe ich mich nicht nur in

Küche geflüchtet wegen des Kaffees sondern auch weil ich noch mal kurz aufatmen möchte und mich vor meinem neuen Chef noch mal sammeln muss. Wie wird die vorstehende Begegnung sein? Ist er wirklich so ein eingebildeter, arroganter Typ wie sie alle behaupten? Wie wird es weiter gehen, wird er mich weiterhin als seine Assistentin beschäftigen oder bringt er seine mit? So viele Fragen und die Antworten sind greifbar.

Seit dem Gespräch mit Mr. Cooper am Mittwoch, habe ich kein Auge zu gemacht. Seine Stimme hallt immer noch in meinen Ohren: mein Sohn übernimmt die Kanzlei, für sie ist gesorgt,…Dieses mulmige Gefühl das ich seitdem habe, lässt mich nicht los. Irgendetwas stimmt hier nicht und ich sollte Recht behalten.

Im Flur höre ich Stimmen. Gekünsteltes Lachen, oberflächige Gespräche, nervöse Anmerkungen reißen mich aus meinen Gedanken und ich schleiche schnell von der Küche in mein Büro, das Vorzimmer meines Chefs, es kann nicht mehr lange dauern bis er hier auftaucht und dann möchte ich vorbereitet sein.

Ray

Als ich eintrete, werde ich schon von einem schmierigen Kerl erwartet, der sich als rechte Hand meines Vaters ausgibt. Nie von ihm gehört aber ich belasse es dabei, er kann mir vielleicht noch nützlich werden. Er führt mich rum, stellt mir einige Kollegen und deren Sekretärinnen vor, deren Augen mich förmlich ausziehen. Ich habe nach wie vor diese Auswirkung auf Frauen. Die meisten Frauen schauen mich an und wechseln sofort auf diesen Flirtmodus, spielen mit ihren Haaren oder versuchen sich mit gespieltem Interesse ein zu schleimen. Früher bin ich öfters mal darauf reingefallen, etliche

Frauen haben es so in mein Bett geschafft, waren aber eher an mein Geld interessiert als an mir. Bei Hannah ist das anders, sie sieht mich. Da fällt mir auf, dass sie sich heute noch nicht bei mir gemeldet hat, sie fehlt mir. Aber das muss ich nun zur Seite schieben, ermahne mich bei der Sache zu bleiben und bei dem Gesülze von Günther. Nicke wenn ich es für angemessen finde, stelle die eine oder andere Frage und ich muss sagen dass ich durchaus positiv überrascht bin was mein alter Herr hier alles aufgebaut hat.

„ Und hier ist ihr Büro", höre ich Günther noch sagen als er schon die Klinke nach unten drückt und die Tür öffnet. Im Vorzimmer sitzt eine junge Frau, die den Kopf in meine Richtung dreht, ihr Lächeln erstarrt als sie mich erblickt. „Hannah darf ich vorstellen, Raymond Cooper ihr neuer Chef", stellt Günther uns vor. Kurz verliert sie die Fassung und dann streckt sie mir ganz professionell die Hand entgegen. „ Guten morgen, Raymond, willkommen bei Coopers & Associates". Sie würgt sich ein Lächeln ab aber in ihrem Gesicht kann ich sehen, dass sie sich unwohl fühlt. Tausend Fragen sehe ich in ihren Augen. Aber auch ich habe nicht mit ihr hier gerechnet. Wir haben nie wirklich über unsere Arbeit gesprochen, ich wusste nicht, dass ausgerechnet sie die Assistentin von meinem Vater ist.

Ich möchte nicht schon am ersten Tag für Gesprächsstoff sorgen, also versuche ich mir nichts anmerken zu lassen, was mir natürlich schwer fällt, weil die Enttäuschung in ihren Augen nicht zu übersehen ist. Wir unterhalten uns knapp über die Arbeit und dann gehe ich mit Günther in mein Büro. Kurz darauf kommt Hannah mit den gewünschten Akten ins Büro, bringt uns zudem Kaffee und entschuldigt sich mit der Ausrede noch einiges erledigen zu müssen, und zieht sich in ihr Zimmer zurück.

Dieser Günther weicht den ganzen Tag nicht von meiner Seite. Ich sehe mir Papiere durch, überfliege Bilanzen und begutachte Dokumente, aber ich ertappe mich immer wieder wie meine Gedanken zu Hannah schweifen. Wie es ihr geht, was sie jetzt wohl von mir denkt? Ihr erstarrten Augen brennen sich in mein Gehirn, ich muss unbedingt mit ihr reden, alles aufklären, ihr sagen, dass es nichts von alldem wusste, wie auch. Den Rest des Tages schaue ich mir Personalakten an und mache mich mit den laufenden Fällen vertraut soweit es in so kurzer Zeit überhaupt möglich ist.

Von Hannah sehe und höre ich den ganzen Nachmittag nichts mehr. Und als ich abends das Büro verlasse, sehe ich dass ihr Platz leer ist. Ihr Computer ist runtergefahren und die Lichter sind bereits auch schon aus. Ich versuche sie anzurufen, will mit ihr reden aber ihr Handy ist aus was mir Sorgen bereitet. Ich muss zu ihr, wieso habe ich Idiot auch mein Auto beim Krankenhaus stehen lassen.

Hannah

Ich muss hier raus. Ich kann nicht länger in diesem Büro sitzen und ein auf Frohnatur machen wenn Ray oder Raymond, wie auch immer er heißt, ein Zimmer weiter sitzt. Als er heute morgen vor mir stand, hätte ich ihm fast eine gescheuert. Er hatte Glück, dass dieser Schleimer Günther bei ihm war und ich mich professionell benehmen musste. Aber auch er schien etwas überrascht mich zu sehn oder bilde ich mir das nur ein.

Den ganzen Nachmittag habe ich darüber nachgedacht, konnte mich nicht wirklich auf meine Arbeit konzentrieren und dann fiel es mir wie Schuppen von den Augen. Wieso bin ich da nicht früher drauf gekommen. Ray ist die Abkürzung von Raymond, sein Vater ist sehr krank, Ray ist Anwalt aber warum hat er nie was gesagt? Hat er es gewusst? Und eine Frage beschäftigt mich am meisten, ist Ray wirklich dieser arrogante Typ, der der nur sich selbst lieben kann, dieser Frauenheld? Mir gegenüber hat er sich nicht so verhalten, er war immer sehr mitfühlend, charmant und liebevoll. Gut er hat sein Päckchen zu tragen, und jedes Mal wenn ich darauf angesprochen habe, wenn ich in seinem Blick wieder mal einen Schatten bemerkt habe, hat er abgeblockt aber haben wir das nicht alle. Hat er nur mit mir gespielt? Aber warum? Hat er letztens nicht selbst zugegeben, dass er noch nie eine ernsthafte Beziehung hatte, dass die Frauen nur Betthäschen waren aber was sollte das mit mir dann? Warum dieses Spielchen?

Ich schnappe mir meine Sachen und verlasse das Büro. Ich muss an die frische Luft. Ich laufe und laufe, renne fast und ehe ich mich versehen stehe ich vor meiner Wohnung. Meine Wangen fühlen sich nass an ich habe nicht einmal gemerkt dass ich weine. Ich schließe die Tür auf und da steht Claire, etwas verdutzt dass ich jetzt schon zu Hause bin doch schnell merkt sie dass etwas nicht stimmt. Sie kommt auf mich zu, sieht meine verweinten Augen und nimmt mich fest in den Arm. Der Damm bricht und ich heule los, ich klammere mich an Claire, ich weine und schluchze und sie sagt kein Wort. Sie hält mich fest und fährt beruhigend über meinen Rücken. Aber ich kann mich nicht beruhigen. Immer wieder schnappe ich nach Luft, die Tränen hören nicht auf, wir sinken beiden zu Boden und verharren in dieser Umarmung.

Ich weiß nicht wie lange aber irgendwann zieht Claire mich hoch und bringt mich in mein Zimmer. Ich schlüpfe mit den Klamotten unter meine Decke zu erschöpft mich auszuziehen. Claire legt sich neben mich und fährt mir immer wieder über den Kopf und flüstert mir beruhigende Worte zu. Langsam fallen mir meine müden, geschwollenen Augen zu, das Ganze hat mir so zugesetzt, dass ich ohne weiteres einschlafe.

Ray/Raymond

Ich kann sie einfach nicht erreichen, ihr Handy ist noch immer ausgeschaltet. Ein ungutes Gefühl beschleicht mich, auch als ich endlich zu Hause ankomme, finde ich nichts als eine menschenleere Wohnung vor. Hannah ist auch nicht hier obwohl wir verabredet waren, wie vom Erdboden verschluckt.

Ich finde keine Ruhe, tigere durch meine Wohnung und dann fasse ich den Entschluss zu ihr zu fahren. Diese Ungewissheit macht mich wahnsinnig. Wieso geht sie mir aus dem Weg? Was habe ich ihr denn getan, natürlich hat die Übernahme eine nicht vorhersehbare Wendung genommen, eine mit einem fiesen Beigeschmack aber auch ich konnte doch nicht wissen, dass ich ausgerechnet „ihre" Kanzlei übernehmen würde. Genau das muss ich ihr klarmachen und dann wird wieder alles gut werden, versuche ich mich zu beruhigen.

Bei ihrer Wohnung angekommen, klingle ich mehrmals aber keiner öffnet. Es brennt ein schwaches Licht in Hannahs Wohnzimmer als versuche ich es ein letztes Mal. Und dann höre ich Claire in der Gegensprechanlage.
„ja?"
„Hier ist Ray, ist Hannah da? Kann ich mit ihr sprechen?"
„Nein ist sie nicht und auch wenn dann würde sie nicht mit dir sprechen wollen. Verschwinde einfach und lasse sie in Ruhe, ok?" entgegnet mir Claire ziemlich barsch.
„Hör zu Claire, ich weiß nicht was sie dir erzählt hat aber bitte lass mich mit ihr reden. Es ist nicht so wie sie denkt, bitte Claire lass es mich ihr erklären."

„Sie hat mir gar nichts erzählt, ich weiß nur dass sie jetzt endlich schläft nachdem sie hier Rotz und Wasser geheult hat, also bitt Ray hau einfach ab!"

Und dann höre ich die Gegensprechanlage noch einmal auf krächzen und dann ist nichts mehr zu hören. Claire hat aufgelegt. Etwas verdattert stehe ich vor geschlossener Tür. Hannah hat geheult, wegen mir, mein Herz zieht sich zusammen. Glaubt sie ernsthaft ich hätte sie absichtlich verletzt? Vorerst fahre ich nach Hause aber ich werde nicht aufgeben bis ich mit Hannah gesprochen habe. Ich darf die Hoffnung nicht aufgeben, dieses Missverständnis muss geklärt werden.

Zu Hause angekommen, schenke ich mir erst einen Whiskey ein und setze mich auf meine Couch. Meine Gedanken finden keine Ruhe, ich suche nach einem Hinweis, ich muss etwas übersehen haben. Die Gedanken und Fragen überschlagen sich. Ich kann nicht länger sitzen bleiben, ich gehe im Zimmer auf und ab und immer wieder frage ich mich was falsch gelaufen ist. Auch mein Vater hat Hannah nur ein, zweimal erwähnt oder er hat über seine Assistentin gesprochen mir ist nie in den Sinn gekommen dass es sich um die ein und dieselbe Person handelt. Wie auch?

Das alles führt zu nichts, ich komme immer wieder zu dem Entschluss dass ich mit Hannah reden muss aber die lässt sich verleumden. Geistesabwesend habe ich mir mein Glas immer wieder aufgefüllt, ich werde immer wütender über die aussichtslose Situation, die Stimmen in meinem Kopf lassen sich nicht beruhigen und dann schmettere ich vor lauter Wut mein Glas an die Wand. Der Whiskey läuft die weiße Wand runter, die Scherben vom Glas sind überall verteilt und ich verlasse wutentbrennt die Wohnung.

Hannah

Etwas benommen wache ich auf, ich muss eingeschlafen sein. Mein Schädel brummt, ich fasse mir an den Kopf und schlagartig fällt mir ein was passiert ist. Meine Zimmertür steht einen Spalt offen, im Flur brennt Licht, ich wickle mich in meine Decke und mache mich auf den Weg ins Wohnzimmer. Claire sitzt auf der Couch in der einen Hand einen Tee und in der anderen Hand eine Klatschzeitung in der sie vertieft ist.

„War das Ray?"

Claire schaut auf, legt die Zeitung weg und kommt auf mich zu. „Ja aber ich habe ihn fortgeschickt. Du hast endlich geschlafen und ich wollte dich nicht wecken. Ich hoffe das war okay?". Leicht fährt sie über meinen Oberarm und bugsiert mich Richtung Couch.

„Ja. Ich will ihn nicht sehen. Dieses hinterhältige Arschloch kann mir gestohlen bleiben", füge ich weniger überzeugt hinzu. Besorgt schaut Claire mich an und fragt: „ Was ist passiert? Bis gestern war er noch der Prinz auf einem weißen Ross, bist Hals über Kopf in ihn verliebt und heute sitzt du wie ein Häufchen Elend hier und schickst ihn in die Wüste."

„Ich will ihn nur vergessen, Claire. Wie konnte ich nur so blöd sein, wie konnte ich glauben endlich meinen Prinzen gefunden zu haben. Ich bin so naiv Claire, ich dachte wirklich er ist es. Er ist der Held aus meinen Büchern wie konnte ich mich nur so täuschen lassen. Alles war zu schön um wahr zu sein, schon alleine das hätte mich stutzig machen sollen.

„Jetzt mal langsam, ich kann dir nicht folgen. Ist er dir fremd gegangen, oder was ist passiert"? fragt Claire

„Nein er ist mir nicht fremdgegangen aber betrogen hat er mich irgendwie schon".

Die ersten Tränen bahnen sich ihren Weg über meine Wangen.
„Süße, nicht weinen. Ich mache dir erst mal einen Tee und dann setzt du dich hin und dann erzählst du mir in Ruhe was passiert ist".
Claire holt den Tee aus der Küche, sie hat auch noch Taschentücher dabei und setzt sich neben mich. Ich beginne zu erzählen. Ich berichte ihr dass, mein Chef schwer krank geworden ist und im Krankenhaus liegt. Dass er nicht mehr zurückkehrt und deshalb beschlossen hat seinem Sohn die Firma zu überlassen. Sein Sohn, der wohl ein super Anwalt ist, eine Blitzkarriere hinter sich hat. Sie haben wohl kein gutes Verhältnis weshalb Raymond seinem Vater beweisen wollte, dass er es drauf hat auch ohne seinen Vater. Dass er den Namen und die Beziehung und vor allem auf die Hilfe seines Vaters verzichtet hat um sich selber seinen erkämpften Platz als einer der besten jungen Anwälte zu werden. Er arbeitet in einer sehr renommierten Anwaltskanzlei und die Partnerschaft wurde ihm bereits angeboten.

Claire hebt die Brauen und sagt: „das mit deinem Chef tut mir Leid aber ich verstehe immer noch nicht was das mit deinem Prinzen zu tun hat".

Ich gebe ihr zu verstehen, dass sie mir einfach weiter zuhören soll. Also fahre ich fort indem ich ihr sage, dass dieser super Anwalt vielleicht über einen exzellenten Ruf in Sachen Rechtslage verfügt aber privat scheint er ein reines Früchtchen zu sein. Ich gebe wider was mir alles zu Ohren gekommen ist, die Bettgeschichten, die häufigen Affären und dass keine Frau es geschafft hat den Womanizer zu bändigen. Er sie nur ausnutzt und sich kurz mit ihnen vergnügt um sie am anderen Tag wie ein Taschentuch aus der Wohnung wirft. Es wird erzählt, dass er immer nur eine Nacht mit der der Auserwählten verbringt.

Claire verzieht das Gesicht, ich weiß was in ihr vorgeht.

„So und jetzt kommt es, heute Morgen habe ich meinen neuen Chef kennengelernt. Er hat sich die Kanzlei angeschaut und am Montag werden dann die Papiere unterschrieben wenn ihm gefällt was er gesehen hat. Claire mein neuer Chef ist Ray"!

„Dein Ray? Aber... wie kann das sein? Habt ihr denn nie darüber gesprochen? Hat er es gewusst? Scheiße Hannah, das tut mir Leid aber vielleicht hat er es auch nicht gewusst, vielleicht war er genau so überrascht wie du? Was hat er denn gesagt als er dich gesehen hat?"

„ Das ist es ja, er hat gar nicht gesagt. Er hat mich angesehen und so getan als würde er mich nicht kenne. Er hat nach den Akten gefragt und ist in sein Büro verschwunden."

„Hast du denn mit ihm sprechen können? Ich möchte ihn jetzt nicht in Schutz nehmen aber wer sagt dass er es gewusst hat? Vielleicht wollt er sich nur professionell verhalten. Hannah du musst mit ihm reden, vielleicht hast du voreilige Schlüsse gezogen. Was hätte er davon gehabt es dir zu verheimlichen? Du hast selber gesagt dass ihr selten über eure Arbeit gesprochen habt, er hat dich nicht über deine Arbeit ausgefragt, wusste nicht mal wer dein Chef ist oder wo du genau arbeitest."

Vielleicht hat Claire Recht, vielleicht habe ich voreilig reagiert. Vielleicht wusste er es wirklich nicht und ich bin einfach so aus dem Büro geflüchtet ohne mit ihm geredet zu haben aber das sind viele vielleicht

Claire schaut mich an und fügt hinzu: „ ich weiß, dass deine Gedanken jetzt wieder verrückt spielen aber du kannst nur wissen was wirklich passiert ist oder ob es wusste wenn du mit geredet hast und dann kannst du ihn immer noch in die Wüste schicken, was natürlich bedauerlich ist. Ich habe doch gemerkt wie du wieder aufgeblüht bis seitdem Ray in dein Leben getreten ist. Ich sehe wie verliebt du ihn anschaust und glaube mir wenn ich dir sage, dass ich das auch in seinen Augen gesehen habe. Du bist kein Betthäschen für ihn, rede mit ihm!"

„ Vielleicht hast du Recht, Claire. Ich muss mit ihm reden aber erst morgen wenn ich ihm so unter die Augen trete denkt er, er hat eine Verrückte vor sich." Es geht mir bereits besser, ich habe immer noch die Fragen im Kopf aber es ist wie Claire bereits sagt ich muss mit ihm reden, die Sache klären. Ich kuschele mich an Claire. „Danke."

„Nicht dafür, Süße. Und jetzt ruhst du dich ein bisschen aus und morgen sie die Welt wieder besser aus. Morgen schnappst du dir deinen Traumprinzen"!.

Ray/Raymond

Mein Schädel dröhnt. Ein stechender Schmerz lässt mich aus meinem unruhigen Schlaf erwachen. Um auf andere Gedanken zu kommen bin ich gestern in den Club gefahren was sich jetzt als dumme Idee entpuppt. Ich liege in meinem Bett, mit schrecklichen

Kopfschmerzen, die Gedanken um Hannah kreisen wie Geier über meinem Kopf. Ein fahler Geschmack, erinnert mich an den vielen Alkohol, der gestern geflossen ist. Am späten Abend ist noch mein Freund Pete aufgetaucht und wir haben es krachen lassen. Im VIP Bereich haben wir es uns gemütlich gemacht, die Frauen haben sich wie Schmeißfliegen an uns geschmissen, Sekt und auch härtere Sachen sind geflossen, es war uns egal wie viele Scheine wir auf den Tisch legen mussten damit wir bekommen was wir wollten.

Eine der Damen hatte es auf mich abgesehen. Sie war blond, ihr Ausschnitt zu offenherzig und ihr viel zu kurzer Rock bedeckte nur das nötigste. Ihre langen Haare reichten bis zum Po, den sie mir immer wieder gerne beim Tanzen hinstreckte. Sie war schon eine Augenweide wenn man auf so einen Typ Frau steht. Der Typ Frau, der nach dem Geldbeutel eines Mannes schaut. Anfangs war ich angewidert wie sie sich mir präsentierte, ich musste immer wieder an Hannah denken, die überhaupt nicht wie diese Frauen ist. Sie ist so anders, es interessiert sie nicht wie viel Geld ich habe, wer ich bin, sie hat nie danach gefragt. Ob sie überhaupt wusste wer ich bin bis zum gestrigen Zusammentreffen?

Noch in Gedanken, bemerkte ich erst zu spät dass sich jemand auf meinen Schoss gesetzt hat. Sie rekelte sich auf mir und fing an mich im Hals zu küssen. Und was das Schlimme war ich lies sie gewähren. Ich zog sie sogar noch näher an mich ran und dann drückte sie mir ihren rotgefärbten Lippen auf meine. Es ging alles so schnell, es störte uns nicht dass jeder sehen konnten wie wir knutschten, ich griff ihr an den Po und irgendwann hauchte sie mir ins Ohr ich solle ihr doch auf die Toilette folgen. Was ich dann auch tat. Dort drückte ich sie gegen die Wand, ihre langen Beine um meine Hüften geschlungen. Sie konnte ihre Finger nicht von mir lassen, öffnete meine Gürtel und meine Hose. Ich schob ihr den Rock hoch, zog den

Slip zur Seite und dann passierte es. Ich besorgte es ihr auf der Damentoilette, immer fester drückte ich sie gegen die Wand, immer schneller bis sie mir meinen Namen ins Ohr hauchte, kurz bevor sie zum Höhepunkt kam, erst dann fiel es mir wie Schuppen von den Augen, das hier war nicht Hannah, verdammt! Was habe ich getan? Sauer über mich selber, ließ ich abrupt von ihr los. Machte meine Hose zu und verschwand mit knallender Tür von der Toilette. Hörte noch wie die Tussi schimpfte aber es interessierte mich nicht.

Wie soll ich das Hannah erklären? Enttäuscht über mich selber fahre ich mir mit der Hand durchs Gesicht, schiebe die Decke von mir und gehe duschen.

Hannah

Ausgeschlafen wenn auch etwas mit geschwollenen Augen trete ich in die Küche wo bereits Claire mit einem Kaffee auf mich wartet.

„Heute siehst du schon etwas besser aus, konntest etwas schlafen?" fragt sie mich.

Ich nehme den Kaffeebecher entgegen, stelle mich gegen die Küchenzeile. „ Es geht, meine Gedanken spielen immer noch verrückt aber du hast Recht, ich werde nachher zu Ray gehen und mit ihm reden, aber zuerst genehmige ich mir eine heißes Bad", füge ich grinsend hinzu.

Claire gibt mir einen Kuss auf die Wange und sagt: „ ja mach das und du wirst sehen es gibt für alles eine Erklärung, ich mache mich jetzt erstmal fertig, muss zur Arbeit".

Nachdem Claire die Wohnung verlassen habe, bade ich gemütlich und überlege mir was ich Ray nach her sage. Ich bin etwas aufgeregt weil ich nicht weiß was mich erwartet, was wird er sagen, wie wird er reagieren? Vor meiner Kommode ertappe ich mich wie ich mit den Fingern über meine Spitzenunterwäsche fahre, Mensch Hannah zu sollst nicht mit ins Bett steigen, du hast im Moment weitaus andere Sorgen als deine Unterwäsche, ermahne ich mich. Schnell schnappen ich mir Baumwollunterwäsche, Lieblingsjeans und irgendein Shirt. Lege leichtes Makeup auf er soll nicht merken, dass ich geheult habe, meine Augen sind immer noch etwas geschwollen und dann mache ich mich auf den Weg zum Bus.

Vor seiner Wohnung bin ich etwas unentschlossen. Aber es nützt nichts wenn ich Gewissheit will muss ich mit ihm reden. Die Schmetterlinge in meinem Bauch fliegen wie verrückt, ich reibe meine feuchten Hände an der Jeans ab und hoffe Ray ist zu Hause. Und dann geht die Tür auf, Ray steht im Türrahmen, seine Haare sind nass, er muss wohl gerade erst geduscht haben, er trägt kein Shirt, mit nacktem Oberkörper und nur in Shorts schaut er mich an. Meine Atmung geht schneller bei diesem Anblick.

„Hannah, ich habe versucht dich zu erreichen, Claire hat mich abgewimmelt aber ich verstehe nicht was ich falsch gemacht habe, wieso bist du abgehauen, wieso darf ich dich nicht sehen geschweige mit dir reden?"

In dieser Frage steht soviel Schmerz, er greift nach meiner Hand will mich an sich ziehen aber ich darf das nicht zu lassen, ihm nicht zu nahe kommen bevor das geklärt ist. „ Hast du es gewusst? Hast du gewusst, dass ich für deinen Vater arbeite und bitte Ray sag mir die Wahrheit"!

„Oh Gott nein Hannah, ich habe es nicht gewusst, woher auch? Ich war genau so überrascht wie du als ich dich im Büro gesehen habe. Wir haben nie wirklich darüber geredet wo und für wen du arbeitest, woher sollte ich wissen, dass du die Assistentin von meinem Vater bist."

Skeptisch schaue ich ihn an. Sagt er mir die Wahrheit. „ Sag mir dass das alles kein Spiel für dich, dass du dich nicht an mich rangemacht hast um deinem Vater eins auszuwischen."

„Ihm eins auszuwischen? Was hätte ich davon? Hannah ich bitte dich, wie hätte ich ihm eins auswischen können? Ich habe dich nie irgendetwas über die Arbeit oder deinen Auftraggeber gefragt". Er fährt sich mit der Hand übers Gesicht und fügt hinzu: „Komm schon Hannah du glaubst doch wirklich nicht dass ich mit dir gespielt habe, ich habe dir nie was verheimlicht und ich habe immer zu dir gesagt wir müssen ehrlich zu einander sein wenn wir wollen dass das mit uns funktioniert".

„Und müssen wir das hier draußen diskutieren, komm doch erst mal rein. Ich verspreche dir auf alle Fragen zu antworten".

Er hält mir die Tür auf, etwas unentschlossen trete ich dann in seine Wohnung. Im Wohnzimmer liegen Glasscherben auf dem Boden und an der Wand sehe ich noch einen Fleck als ich mich umdrehe und ihn besorgt anschaue, hebt er endschuldigend die Schultern.

Er geht weiter zu Küche macht sich einen Kaffee und bietet mir auch einen an den ich dankend ablehne. Froh darüber dass die Kücheninsel uns trennt. Er ist gegen die Küchenzeile gelehnt und ich setze mich auf den Hocker an der Insel. Wenn ich ihn näher betrachte sieht er nicht gut aus. Er hat diesen traurigen Ausdruck im Gesicht, dunkle Augenringe zeigen dass er nicht genug geschlafen hat und sein Kiefer ist so fest aufeinander gedrückt dass es schon weh tut beim zusehen.

„Als ich dich im Büro gesehen habe und du nichts weiter gesagt hast, wusste ich nicht was ich machen oder denken soll. Ray du hast keinen Miene verzogen, hast so kalt gewirkt was hätte ich denken sollen?"

„Ich weiß. Aber Hannah was hätte ich denn machen sollen? Ich war genauso überrascht wie du, dich dort zu sehen. Ich wollte nicht schon am ersten Tag für Gesprächsstoff sorgen, hätte ich sagen sollen, dass du meine Freundin bist, hätte ich dich vor allen anderen küssen sollen zur Begrüßung und glaub mir das wollte ich. Aber ich wusste auch nicht wie du dazu stehst es öffentlich zu machen. Also habe ich in dem Moment entschlossen mich professionell zu verhalten und erst mit dir zu reden, aber dieser Günther ist mir nicht von der Seite gewichen und als ich endlich mit dir reden konnte warst du weg".

„Ich habe es nicht ertragen, dass du im Nebenzimmer sitzt und nicht zu wissen was hier gespielt wird. Mein Freund soll mein neuer Chef sein? Ray ich habe mich so überrumpelt gefühlt, ich war überfordert. Dein Vater hat immer von einem Raymond gesprochen und ich habe nie einen Zusammenhang gesehen. Ich habe nie gedacht, dass er wenn er von seinem Sohn gesprochen hat, dass er dann von dir geredet hat. Und all die Dinge, die über dich geredet werden, dass du ein Frauenheld bist, dass du es nie länger als eine Nacht mit einer Frau aushältst, dass hat nicht zu dir gepasst. Mein Ray ist einfühlsam, lieb, warmherzig und sorgt sich um mich und seine Menschen."

Langsam kommt Ray auf mich zu, nimmt meine Hand und streichelt sie. „ Ich bin dein Ray, egal was die Leute über mich sagen, Hannah du hast einen besseren Menschen aus mir gemacht und du musst mir glauben ich habe von all dem nichts gewusst". Er drückt seine Stirn gegen meine und schaut mir tief in die Augen. Mit der einen Hand greift er mein Kinn und streichelt mit dem Daumen über meine Unterlippe. Ich schließe die Augen, ich kann ihm nicht sauer sein, er wusste von nichts und ich dumme Kuh bin abgehauen anstatt ihm zu vertrauen. Als ich die Augen wieder öffne, trennen uns nur noch einige Millimeter und dann drückt er mir seine weiche Lippe auf meine. Ein erleichtertes Seufzen entflieht meinen Lippen und dann ist es um mich geschehen. Ich stürze mich in diesen Kuss als wäre ich kurz vorm Ertrinken.

Ray

Hannah endlich wieder in meinen Armen zu halten, nimmt mir die Last von den Schultern. Ich bin froh, dass sie hier aufgetaucht ist und wir alles klären konnten. Und als sie sich nach diesem Kuss an mich wirft, wird mir bewusst wie sie mir gefehlt hat.

Engumschlungen stehen wir noch eine Weile in meiner Küche. Sie hat ihren Kopf gegen meine Brust gelegt und ich halte sie nur fest. Ihr Duft ihres Shampoos steigt mir in die Nase, sie riecht so gut.

„Ich lasse dich nie wieder gehen. Versprich mir dass du das nächste Mal sofort mit mir redest bevor du abhaust und du dir deine Gedanken machst."

Sie nickt und hebt dann ihren Kopf. „ was machen wir jetzt? Wie soll das weiter gehen auf der Arbeit, du bist mein Chef, was sollen wir den anderen sagen?"

„Das klären wir später", grinse ich „ Was wir jetzt machen, wirst du schon sehen". Ich hebe sie hoch und trage sie in mein Schlafzimmer. Lege sie auf mein Bett. Küsse sie, erst auf den Mund und dann langsam am Hals entlang, meine Finger finden den Weg unter ihr Shirt. Wie habe ich das vermisst, ihre zarte Haut, der Duft ihrer Haare alles an ihr. Sie seufzt erleichtert und gibt sich ganz mir hin.

Sie darf nie erfahren was letzte Nacht im Club passiert ist. Auf keinen Fall sonst habe ich sie für immer verloren.

Hannah

Ich bin so froh, dass ich zu Ray gefahren bin und die Sache aus der Welt geschafft ist.
Wir verbringen noch einen schönen Nachmittag zusammen, hauptsächlich in seinem Bett. Der Sex mit ihm ist so intensiv, so hingebungsvoll. Eins ist sicher mit Ray wird es bestimmt nie langweilig im Bett, er tut Dinge mit mir, die ich mir vorher nie erträumt habe. Nichts Schweinisches aber er weiß genau wo meine erogenen Zonen sind, bringt mich jedes Mal zum Beben. Er ist so einfühlsam, geht auf mich ein und doch kommt er nicht zu knapp, holt sich was er braucht und jedes Mal sind wir beide nach dem Höhepunkt so erschöpft und glücklich, dass wir noch aneinander gekuschelt zusammen liegen bleiben.

Während ich dusche, kocht Ray uns noch was. Als ich in die Küche trete, ist schon alles hergerichtet. „Du verwöhnst mich zu sehr, es riecht so lecker, wenn du so weiter für mich sorgst kannst du mich rollen", füge ich lächelnd hinzu. „Hannah du bist perfekt, du hast alles da wo es sein soll, ich liebe jeden Zentimeter an dir." Hat er das jetzt wirklich gesagt, hat er jetzt wirklich gesagt er liebt mich? Ich stopfe mir eine Gabel Nudeln in den Mund bevor ich noch was sage was die Situation jetzt zum Kippen bringen könnte. Ich kann ihm doch jetzt nicht sagen, dass ich ihn auch liebe oder? Er hat gesagt er liebt meinen Körper, das heißt nicht unbedingt dass er mich liebt.

„Einen Penny für deine Gedanken", fragt er und schaut mich an. „Hab ich was falsch gesagt, du sagst nichts mehr und erstickst fast an den Nudeln", fügt er lächelnd hinzu. Ich kaue und überlege mir was ich sagen soll. Ray ergreift das Wort: „ Was macht dir Angst? Geht dir alles zu schnell oder was ist es? Hannah ich habe mich in so kurzer Zeit in dich verliebt, so was ist mir noch nie passiert, ja ich liebe dich, dein Lächeln, dein Gesicht, deine Augen, die mich immer wieder mit diesem Glanz anschauen als gäbe es nur mich auf dieser Welt, deine langen Haare, die immer so gut nach Kirsche riechen, dein sexy Körper. Aber auch die Person, die du bist. Du ziehst jeden in deinen Bann, mit deiner Leichtigkeit, du verurteilst niemanden und machst es jedem einfach dich zu lieben."

Endlich kann ich die Masse runterschlucken. „Ich liebe dich auch und ich glaube das schon seit du mich das erste Mal geküsst hast, aber ich wusste nicht dass du auch so empfindest also habe ich nichts gesagt."

„Du machst mich zum glücklichsten Mann, Hannah." Er kommt zu mir rüber und gibt mir einen zärtlichen Kuss.

Dann essen wir in Ruhe und Ray bringt mich nach Hause. Wir haben uns darauf geeinigt, dass wir unsere Beziehung auf der Arbeit erstmal nicht öffentlich machen. Und da Ray morgen sowieso später ins Büro kommt, übernachte ich zu Hause. Aber an Schlafen ist nicht zu denken. Er liebt mich, er liebt mich immer wieder sage ich mir diesen Satz. Ich kann es kaum glauben und dieses dämliche Grinsen in meinem Gesicht kann ich nicht abstellen.

Ray

Montagmorgen, heute wird es offiziell. Heute übernehme ich offiziell die Kanzlei meines Vaters. Im Krankenhaus wartet bereits der Notar auf mich, wir gehen beide in Vaters Zimmer. Caroline ist auch da, ich umarme sie kurz und dann verlässt sie das Zimmer. Mein Vater sitzt aufrecht in seinem Bett, wenn man das so nennen kann. Er ist mit Kissen gestützt, damit er nicht wegkippen kann. Es fällt ihm sichtlich schwer, Schläuche hängen in seiner Nase damit er besser atmen kann, auch seine Atmung wird durch einen Maschine kontrolliert. Er räuspert sich: „ Legen wir los, ich möchte es so schnell wie möglich hinter mich bringen".

Der Notar erklärt meinen Vater noch zu zurechnungsfähig und dann werden Papiere hin und her gereicht. Nach einer viertel Stunde ist es dann vorbei. Die Firma gehört mir, wir sind uns über jeden einzelnen Punkt einig geworden, festgelegt wurde, dass ich die Firma modernisieren darf wie ich es für richtig halte aber der Name darf nicht geändert werden oder es darf auch kein Mitarbeiter auf der Grund der Übernahme entlassen werden und noch andere Dinge wurden niedergeschrieben. Per Handschlag wurde dann alles noch besiegelt.

Nachdem der geschäftliche Teil erledigt ist und der Notar das Zimmer verlässt, schließt sich uns Caroline wieder an. Sie erzählt mir was die Ärzte sagen und wie es meinem Vater geht. Er ist währenddessen wieder eingeschlafen. Sie macht sich große Sorgen und ich verspreche ihr, ihr zu helfen wo ich nur kann. Gegen Mittag mache ich mich dann wieder in die Kanzlei, dort laufen die

Vorbereitungen auf Hochtouren. Hannah, die in ihrem Bleistiftrock so sexy aussieht, ist im Gemeinschaftsraum, redet mit allen möglichen Leuten damit heute Nachmittag nichts schief geht bei der Videokonferenz in der mein Vater ein letztes Wort an seine Angestellten richten möchte. Ich beobachte sie vom Türrahmen aus, sie gibt Anweisung aber ohne herrisch zu sein, kontrolliert noch mal die Videoanlage, sorgt für genügend Sitzplätze und fühlt eigenhändig den Kühlschrank auf. Sie ist voll in ihrem Element, das sieht man, sie hat dieses zufriedenen Lächeln im Gesicht, das mich auch zum Lächelnd bringt. Und bevor mich hier jemand sieht wie ich wie ein verliebter Teenie im Türrahmen stehe und meine Sekretärin anhimmle, verschwinde ich schnell in mein Büro.

Hannah

Ich bin so damit beschäftigt alles für heute Nachmittag vorzubereiten, dass ich nicht mal gemerkt habe, dass Ray schon in seinem Büro sitzt. Als ich wieder an meinen Platz komme um mich zu sammeln, sehe ich durch den Türspalt, dass er bereits dort sitzt und konzentriert arbeitet. Ich stecke kurz meinen Kopf durch die Tür und frage: „Da sind sie ja, kann ich ihnen etwas bringen"? Total komisch Ray mit Sie anzusprechen aber wie sollten wir erklären, dass wir uns bereits mit Du ansprechen wenn wir uns theoretisch erst zweimal gesehen haben.

Er hebt den Kopf, schaut mich an und lächelt. „ Nein ich brauche nichts, ich habe alles." Zwinkert kurz und macht sich wieder an die Arbeit. Ich habe die Zweideutigkeit in dem Satz durchaus verstanden, grinsend mache auch ich mich wieder an die Arbeit.

Gegen 16 Uhr treffen sich alle Mitarbeiter im Gemeinschaftsraum ein,

Mr. Cooper wird zugeschaltet. Einige sind anfangs geschockt ihn so zu sehen auch ich muss ich zugeben. Wir kennen ihn alle als harter aber fairer Chef, immer im Anzug gekleidet, strenger Blick, angsteinflößend. Wenn er einen Raum betrat, hielt man automatisch die Luft an und jetzt sitzt er in einem Krankenbett, umgeben von lauter Schläuchen, das Reden fällt ihm schwer aber er lässt es sich nicht nehmen, seinen Leuten zu danken, sich teils für seine Art zu endschuldigen aber er hatte immer nur das Wohl der Kanzlei im Auge gehabt. Er teilt mit, dass er, wie es unschwer zu erkennen ist, die Kanzlei nicht mehr leiten kann und er deshalb das Zepter an seinen Sohn weiterreicht. Er versichert nochmal, dass sich keiner um seinen Job fürchten muss, es werden einige Änderungen kommen aber nicht im Sinne von Kündigungen. Nachdem der Ansprache gibt er das Wort an Raymond und verabschiedet sich. Auch Ray richtet sich an die Angestellten, hält die Rede aber kurz weil er der Meinung ist die Leute müssten das Gesagte erstmal verdauen.

Anschließend heben einige noch das Glas auf Mr. Cooper und auf den neuen Chef. Häppchen und Getränke stehen bereit, eine etwas bedrückende Stimmung herrscht, kleine Gruppen bilden sich. Ich gehe kurz zu Ray, sehe dass es ihm nicht gut geht. Ich darf mir nicht anmerken lassen, dass ich ihn jetzt am liebsten in den Arm nehmen und ihn küssen würde. Er tut mir Leid, er hat sich das Ganze bestimmt auch anders vorgestellt deshalb schlage ich ihm vor er soll sich doch zu den Leuten gesellen und mit ihnen reden, vielleicht bricht dann das Eis. Ich sehe ihm dann noch zu wie er meinen Rat befolgt. Gegen Abend verabschieden sich die Leute nach einander und ich fange an aufzuräumen. Ray redet immer noch interessiert mit den restlichen Mitarbeitern, es scheint funktioniert zu haben, die Angestellten scheinen ihn akzeptiert zu haben vor allem die Frauen himmeln ihn, was mich nicht wundert. In meinem Kopf grinse ich und sage mir, ihr Schnepfen ihr könnt ihn so lange anstarren und sabbern wie ihr wollt, aber er gehört mir.

Ray

Dieser Tag ist anstrengender als einen Nachmittag vor Gericht. Der Papierkram ist reibungslos verlaufen, vor allem wenn man bedenkt, dass es meinem Vater so schlecht geht und er sich bestimmt ungern von seinem „Baby" trennen wollte aber dann dieser Videocall hat die Mitarbeiter verunsichert. Ein Raunen geht durch den Raum, keiner hat damit gerechnet, dass ein gestandener Mann wie mein Vater so zerbrechlich wirken kann. Die Stimmung ist bedrückend, ich habe das Gefühl als gäben sie mir die Schuld dass er die Kanzlei nicht mehr leiten kann also ob ich sie ihm weg nehmen könnte.

Eigentlich kann es mir egal sein was sie denken, ich bin jetzt hier der Boss ob es ihnen passt oder nicht aber trotzdem hätte ich nichts gegen einen besseren Start.

Nach der Rede, bin ich etwas unbeholfen natürlich lasse ich es mir nicht anmerken aber Hannah kommt auf mich zu und redet auf mich ein. Sie schlägt mir vor, mit jedem einzelnen Gespräch zu suchen, mich unter die Leute zu mischen und mich zu den Gruppen zu gesellen um mit ihnen zu reden und rauszufinden wovor sie Angst haben. Also rede ich mit meinen Angestellten, erzähle grob wie es dazu gekommen ist, dass mein Vater mir die Kanzlei übergeben hat, natürlich ohne aus dem Nähkästchen zu plaudern. Ich erzähle ein wenig davon was ich vor habe, es aber nicht überstürzen will und sich niemand Sorgen um seinen Job machen muss.

Ich glaube das hat ein Stück geholfen damit sie mich nicht als arrogante, jungen Schnösel sehen, der jetzt meint in Daddys

Fußtapfen zu treten und das Ruder an sich zu reißen. Nachdem die letzte Gruppe sich verabschiedet hat, drehe ich mich um und sehe dass ich noch alleine im Gemeinschaftraum stehe. Auch Hannah scheint gegangen zu sein, aber als ich in mein Büro gehe um meine Sachen zu holen wartet sie dort auf mich. Ich gehe auf sie zu und gebe ihr einen zärtlichen Kuss, die ist etwas irritiert aber ich kann sie beruhigen indem ich ihr versichere dass nur noch wir beide hier sind.

Dann holen wir unsere Jacken und verlassen zusammen die Kanzlei.

Hannah

Ich hätte nie gedacht, dass es so einfach sein kann mit seinem Freund zusammen zu arbeiten. Schon seit Wochen geht das jetzt so. Tagsüber bin ich seine Assistentin, arbeiten Hand in Hand zusammen, helfe ihm beim Neuanfang, kopiere Akten, koche Kaffee und Abends bin ich seine Freundin, mit der er vorm Fernseher sitzt, zusammen kocht, mal ausgeht, guten Sex hat wie ein normales Paar halt. Mittlerweile bin ich auch öfters bei Ray als zu Hause. Claire beschwert sich manchmal aber sie freut sich natürlich auch für mich.

Ray hat mir auch schon einen Schlüssel zu seiner Wohnung gegeben, er meinte ich könne dann nach der Arbeit zu ihm und keiner würde sich das Maul zerreißen wenn wir zusammen die Kanzlei verlassen. Es ist alles zu schön um wahr zu sein. Seinem Vater haben wir es auch schon gesagt. Anfangs war er etwas skeptisch aber nachdem wir ihm erklärt haben, dass wir schon vorher zusammen waren bevor ich wusste, wessen Sohn Ray ist und Ray ihm versichert hat, dass er es ernst mit mir meint und wir schon einige Monate zusammen sind, huschte ihm ein Lächeln ins Gesicht. Mehr können wir nicht verlangen.

Ray besucht seinen Vater in regelmäßigen Abständen, auch mit Caroline scheint er sich besser zu verstehen. Er hat mittlerweile eingesehen, dass es nicht ihre Schuld ist, sie haben über seine Mutter gesprochen, über die Krankheit und darüber dass sein Vater sich noch mehr in die Arbeit gestürzt hat als seine Frau verstarb. Wie Caroline versucht hat ihm zu helfen und sie sich dann gefunden haben. Dass sein Vater sehr stolz auf ihn ist, seine Karriere verfolgt hat und es ihn traurig gemacht hat, dass Vater und Sohn kein gutes Verhältnis haben. Dass er vielleicht ein angsteinflößender, ja sogar ein vor Gericht gefürchteter Anwalt ist aber er nicht weiß wie er mit seinen Gefühlen umgehen soll wenn es um seine Familie oder engste Freunde geht.

Manchmal begleite ich Ray zu seinem Vater aber ich möchte mich nicht aufdrängen, er soll die Zeit die ihm mit seinem Vater noch bleibt nutzen. Dann gehe ich mit Caroline im Park spazieren oder einen Kaffee trinken, ich mag sie, sie hat etwas beruhigendes an sich, ich kann verstehen, dass Mr Cooper Trost gefunden hat und sie sich dann verliebt haben.

Ray

Ich bin glücklich. Es scheint sich endlich alles zum Guten zu wenden. Ich habe eine gutlaufende Kanzlei, in der ich meinen Platz gefunden habe, die Angestellten akzeptieren und respektieren mich so langsam. Ich führe sie im Sinne meines Vater weiter, habe schon so einiges verändert, modernisiert und trotzdem überstürze ich es nicht und stoße somit meine Leute vor den Kopf. Habe eine tolle Freundin an meiner Seite, die mich in allem unterstützt, mit der es mir nichts ausmacht sie ständig an meiner Seite zu haben, was ich mir vor Monaten nicht mal in meinen schlimmsten Träumen vorstellen konnte. Mit Hannah ist alles so leicht, so zwanglos.

Sogar das Verhältnis zu meinem Vater und Caroline hat sich verbessert. Manchmal sitze ich Stunden bei ihm im Krankenhaus und wir reden. Ab und an frage ich mich warum wir das nicht schon früher gemacht haben. Vielleicht wäre es dann nie dazu gekommen, dass wir uns gegenseitig die Schuld an Mutters Tod gegeben haben.

Wenn ich dann abends mit Hannah zusammen bin, reden wir drüber. Sie hört mir bedingungslos zu, gibt mal ihre Meinung dazu aber bedrängt oder verurteilt mich nicht. Sie ist einfach nur da und das will ich auch für sie, ich will für sie da sein, komme was wolle.

Hannah

Nach Wochen langer und harter Arbeit gönnen wir es uns mal wieder aus zu gehen. Wir sind mit Claire und meinen Freunden in der Fabrik verabredet. Es ist ein gelassener Abend. Es wird viel geredet, gelacht, getanzt und natürlich auch getrunken. Mark ist auch mit von der Partie, er scheint Ray nicht wirklich zu mögen, schon den ganzen Abend über versucht er ihn zu provozieren. Irgendetwas scheint ihn zu stören, aber anstatt Ray offen darauf anzusprechen, verteilt er immer wieder kleine Seitenhiebe.

Als Ray dann mal zur Bar verschwindet um Nachschub zu organisieren, spreche ich Mark darauf an. „Was ist denn heute nur mit dir los? So kenne ich dich gar nicht?" „Was hast du gegen Ray? Was hat er dir getan?"

„Was mit mir los ist? Fragst du das jetzt ernsthaft? Hannah was ist mit dir los? Meinst du wirklich er ist der Richtige für dich?

Verdutzt schaue ich Mark an. „Natürlich ist er das, er ist der Richtige. Was soll die Frage?" füge ich noch hinzu. So langsam werde ich sauer. Was erlaubt er sich?

„Was weißt du denn über ihn, he? Ihr habt euch erst vor paar Wochen hier in der Fabrik kennengelernt und jetzt seid ihr unzertrennlich. Du wohnst quasi schon bei ihm und er ist dein Boss, Hannah!"

„Was soll das Mark, kannst du dich nicht für mich freuen, ich dachte wir wären Freunde." „ Ja er ist mein Boss, aber das wusste ich doch damals noch nicht und ja vielleicht geht alles etwas zu schnell aber was kümmert es dich?"

„Eben genau deshalb kümmert es mich, Hannah, weil wir Freunde sind. Ich möchte nicht, dass du verletzt wirst, du hast was besseres verdient als diesen arroganten, sich selbst liebenden Anzugträger, diesen Möchtegern Futzi, der hier nur mit seinem Geld um sich wirft und meint er könne sich alles kaufen."

„Aber was redest du da, so ist Ray doch gar nicht, bist du etwa eifersüchtig?" So langsam komme ich in Fahrt. Warum macht Mark Ray so schlecht, ich kann es nicht verstehen. Sie kennen sich nicht mal, Mark hat ihn vielleicht ein-zweimal mit mir hier gesehen. Gut Ray verkehrt auch in anderen Kreisen aber er hat in meiner Gegenwart noch nie einen auf dicke Hose gemacht, er hat nie was gegen meine Freunde gesagt, ganz im Gegenteil, er war stets offen meine Freunde kennen zu lernen.

„Eifersüchtig? Echt jetzt? Hannah, mach doch mal die Augen auf, dieser Typ verarscht dich wo er nur kann. Du bist nur sein Betthäschen, das nebenbei auch noch für ihn arbeitet. Er braucht doch nur mit den Fingern zu schnippen und du rennst."

Ich spüre sie die Wut in mir kocht. Hitze steigt in mein Gesicht. „Was fällt dir eigentlich ein, weder bin ich sein Betthäschen, noch sein Schoßhündchen, das ihm auf Fuß folgt." Meine Stimme ist schon etwas lauter, einige sehen schon zu uns rüber. Claire hat auch aufgehört zu reden.

Ich bin so in rage, ich senke den Kopf und lege eine Hand auf meine Stirn. Ich muss mich sammeln, dann greift Mark zu meinem anderen Arm und bringt mich damit dazu ihn anzuschauen.

„Hannah ich bitte dich doch nur nichts zu überstürzen. Du kennst ihn doch kaum, ist er den für den er sich ausgibt? Hast du schon seine Familie oder Freunde kennengelernt? Was treibt er so, wenn er nicht mit dir unterwegs ist? Bitte Hannah, lass es einfach ruhiger angehen, was hast du zu verlieren? Wenn er der Richtige ist, dann bin ich der Letzte, der dir dieses Glück nicht gönnt, aber lass dir etwas Zeit ok?"

Ich kann nur nicken, er lässt meinen Arm los und verschwindet Richtung Toilette. Claire muss inzwischen aufgestanden sein, bemerke erst jetzt dass sie neben mir steht. Sie schaut mich an und nimmt mich ohne Worte fest in den Arm. In meinem Kopf höre ich immer noch Marks Fragen.

„Ist alles okay? Was wollte er denn von dir?" fragt mich Claire.
„Ja alles gut", lüge ich, „lass uns wieder hinsetzen und weiterfeiern", mit einem gekünzelten Lächeln versuche ich meine Aussage noch zu untermauern. „Ich erzähle es dir später zu Hause, ist nicht so wichtig, weißt ja wie Mark ist der dramatisiert immer alles", füge ich noch hinzu.
Claire schaut mich etwas skeptisch an und setzt sich dann doch

neben mich in den Sessel. Wo bleibt Ray eigentlich mit den Getränken?

Ray

Ich stehe an der Bar und warte auf den Barkeeper, der immer noch nicht mit den Getränken fertig ist. Gut, man kann es ihm nicht verdenken, die Hütte ist brechend voll und er scheint alleine und etwas überfordert zu sein. Während ich warte, drehe ich mich um und lehne mich mit dem Rücken gegen die Theke und schaue mich etwas um. Überall feiern die Leute gelassen, nippen an ihren Gläser, lachen und tanzen. In der einen Ecke knutscht ein Pärchen, in der anderen Ecken steht eine Gruppe Männer zusammen und reden wild durcheinander. Auf der Tanzfläche tummeln sich die Leute, neue Moves werden vorgeführt, der ein kann es besser, der andere sollte es besser sein lassen. Im großen Ganzen herrscht eine gute Stimmung im Club.

Doch dann fällt mein Blick auf Hannah, die vor Mark steht und wild mit dem Arm gestikuliert. Sie scheint sauer zu sein. Ihr Blick wirkt kalt, sie hat rote Backen vor Aufregung und ihre Gesichtszüge zeigen mir, dass sie sich gerade über etwas aufregt. Automatisch spannt sich mein Rücken. Was will dieser Mark von ihr? Worüber reden die beiden und warum ist Hannah so angepisst?

Er redet auf sie ein und sie schüttelt immer wieder mit dem Kopf. Es bilden sich Falten auf seiner Stirn und auch er wird zunehmend saurerer. Er stemmt seine Hände in seine Hüfte und lässt nicht locker. Rote Flecken bilden sich in Hannahs Hals, ein Zeichen dafür dass sie sich etwas überfordert fühlt. Claire scheint es auch bemerkt zu haben, schaut zu den beiden rüber. Hannah greift sich an die Stirn, keiner sagt ein Wort und dann greift dieser Möchtegern Freund ihren anderen Arm. Ich muss dahin. Ich wusste mit dem Typ stimmt was nicht. Er soll gefälligst seine schmierigen Pfoten von meiner Freundin nehmen.

Wie aufs Stichwort höre ich wie der Barkeeper sagt: „ Hey Mann, deine Drinks sind fertig". Ich drehe mich, zahle schnell und schnappe mir die Drinks was sich als Herausforderung heraus stellt. Als mich dann endlich Richtung unserer Freunde in Bewegung setze, sehe ich noch wie Hannah nickt und dieser Schnösel Richtung Toilette verschwindet. Endlich angekommen sitzt Hannah auch schon wieder neben Claire im Sessel und lächelt mich an. Aber dieses Lächeln ist nicht echt, dafür kenne ich sie mittlerweile zu Gut, das Lächeln erreicht ihre Augen nicht.

„Alles in Ordnung?", frage ich sie und reiche die Drinks weiter.

„Klar, was soll denn sein? Warst lange weg, war wohl viel los?"

Ich setze mich neben sie und lege meine Hand auf ihren Oberschenkel, sie zuckt kaum merklich aber ich hab es gespürt. „Ist wirklich alles gut?" frage ich mit Nachdruck. Sie nickt nur mit dem Strohhalm im Mund, sichtlich bemüht glücklich auszusehen. In dem Moment als ich sie auf dieses Gespräch mit Mark ansprechen will, taucht dieser wie aus dem Nichts auf, setzt sich neben mich und nickt kurz. Ich schaue ihn an, meine Zähne fest aufeinander gepresst, so dass die Backenmuskel bereits schmerzen. Wie gerne würde ich diesem Typ gerne die Fresse polieren. Aber Hannah zu liebe nicke ich ebenfalls.

Ich nehme mir vor sie nachher zu frage was die beiden denn zu bereden hatten.

Hannah

Ich spüre Rays Hand auf meinem Oberschenkel, die Hitze die von dieser Hand ausgeht aber irgendwie hallen immer noch Marks Worte in meinem Kopf. Warum ist Mark so besorgt, verheimlicht mir Ray was? Hat Ray was zu verbergen, warum sollte er Spielchen mit mir spielen? Fragen über Fragen.

Ray will wissen ob alles in Ordnung ist. Jetzt bloß nichts anmerken lassen, lächelnd nicke ich aber ich merke natürlich dass er mir das nicht abkauft.

Mark kommt von der Toilette. Setzt sich wieder zu uns, beide werfen sich böse Blicke zu, Blicke die die Hölle zum Einfrieren bringen würde. Warum hassen beide sich so? Was ist das zwischen den Beiden, geht es hier wirklich nur um Machtspielchen? Ray darf nicht merken, dass Marks Worte mich ins Wanken bringen.

Ich greife nach seiner Hand und ziehe ihn auf die Tanzfläche. Anfangs tanzen wir etwas steif doch nach einer Zeit scheint der Alkohol zu wirken und ich finde in meinen Rhythmus, ich lasse mich voll auf den Beat ein, ich bewege mich frei und vergesse alles um mich herum. Bin wie in Trance, es gibt nur mich, Ray und die Musik, alles andere blende ich aus. Ray ist wirklich guter Tänzer, auch hier ergänzen wir uns, er berührt mich manchmal, dann spüre ich sofort diese Hitze in mir hoch kommen. Sein Verlangen, die Lust in seinen Augen, die ich jedes Mal sehe wenn unsere Augen sich treffen, manchmal zieht er mich an sich und haucht mir einen vielversprechenden Kuss auf den Mund. Die Zeit vergeht wie im Fluge. Irgendwann tanzen wir engumschlungen zwischen den wild tanzenden Menschen. Es ist egal, dass es sich nicht um eine ruhige Nummer handelt, wir sind nur auf uns konzentriert.

Er schaut mir tief in die Augen und sagt dann: „Hier hat alles angefangen, weißt du noch? Eigentlich müsste ich mich bei meinem Vater bedanken, wäre er an dem besagten Abend nicht bei mir aufgetaucht um mir seine Kanzlei zu überschreiben, wäre ich nie in diesem Club gelandet und hätte dich nie kennengelernt." Dann senkt er seinen Kopf und gibt mir einen Kuss, der mich dahin schmelzen lässt, wie konnte ich bloß an diesem Mann zweifeln. Alle Bedenken sind durch diesen Kuss in Luft aufgelöst, ich weiß er liebt mich und daran gibt es keinen Zweifel. Diese Hingabe und diese Leidenschaft kann nicht gespielt sein.

Wir tanzen noch eine Weile so weiter, der Club leert sich so langsam, es muss schon spät sein, jemand tippt mir an die Schulter. Ich drehe mich um und da steht Claire: „ euch noch einen schönen Abend hier Turteltauben, ich brauche dich wohl nicht zu fragen wo du heute übernachtest?" fragend sie grinsend. Ich nehme sie in den Arm, hauche ihr einen Kuss auf die Schläfe: „hab dich lieb und komm gut nach Hause". „ Hab dich auch lieb und du pass gut auf sie auf!" wendet sie sich noch an Ray und verschwindet. Auch die Anderen verabschieden sich, sogar Mark geht ohne weiteren Kommentar.

Was für ein Abend.

Ray

Nachdem sich alle verabschiedet haben, machen wir uns auch auf den Weg zu mir. Trotz dieses Zwischenfalls hatten wir einen wunderschönen Abend. Ich liebe diese Frau daran gibt es keinen

Zweifel. Ich muss nur noch herausfinden, was dieser Mark wollte aber nicht heute, dieser Arsch vermiest mir nicht meinen Abend mit dieser wunderschönen Frau.

Wir sind noch nicht zur Tür rein, da wirft sie sich regelrecht an meinen Hals. Sie drückt mich gegen die Eingangstür und küsst mich heiß und innig. In meiner Hose tut sich bereits was, das bleibt auch Hannah nicht verborgen, sie drückt ihren Becken fester an meinen Schritt. Diese Frau macht mich wahnsinnig. Sie zieht mir das Hemd aus der Hose und fährt dann mit der Hand über meinen Oberkörper. Die Küsse werden wilder, fordernder. Ich hebe sie hoch und sie umklammert meine Hüften mit ihren Beinen. Ich trage sie ins Schlafzimmer ohne das Knutsch zu unterbrechen. Sie gibt diese lustvollen Geräusche von sich, die mich noch mehr anmachen. Ich lege sie auf das Bett. Ich stehe am Bettende, schiebe ihren Rock nach oben und da liegt sie mit diesem Spitzenhöschen. Ich streife mir Hose und Shorts nach unten, beide hängen an meinen Knöcheln aber es ist mir egal.

Sie liegt nur da mit ihren großen, schönen Augen, die sind voller Lust und Verlangen, ihre Backen sind gerötet, sie nickt nur, beißt sich auf die Unterlippe, die Arme vom Körper gestreckt und hält sich an der Bettdecke fest. Dieser Anblick reicht um sie näher an mich ran zu ziehen, während ich ihr langsam den Slip ausziehe, lasse ich sie nicht aus den Augen. Ich lege mich auf sie drauf und dann lieben wir uns, wild und fest als gebe es kein morgen mehr.

Hannah

Ich schlage die Augen auf weil ich dumpfe Geräusche höre. Ich liege in Rays Bett und seine Seite ist leer. Er scheint schon in der Küche zu sein, denn ich höre ebenfalls wie die Kaffeemaschine brummt. Wenn ich an letzte Nacht zurück denke, spüre ich wie meine Wangen rot werden. Ray war wieder so hingebungsvoll und unersättlich. Aber auch Marks Worte spuken mir immer noch im Kopf rum. Irgendetwas ist doch zwischen den beiden vorgefallen. Und das muss ich herausfinden aber erst nach einem Kaffee. Ich springe aus dem Bett, streife mir Rays Hemd über und gehe in die Küche, dort erwartet mich bereits ein prall gedeckter Tisch und Ray steht mitten drin. Er lächelt mich an und breitet seine Arme nach mir aus. Ich schmiegt mich an ihn, er zieht mich noch näher ran, umarmt mich fest und drückt mir einen Kuss auf meinen Scheitel.

„Guten morgen, hast du gut geschlafen? „

Ich blicke von unten in sein Gesicht, er lässt mich nur so viel los, dass ich ihn direkt in die Augen schauen kann. Oh Gott wie sehr liebe ich diesen Mann. Ich stelle mich auf die Zehenspitzen und hauche ihm einen Kuss auf den Mund.

„Warum hast du mich nicht geweckt, ich hätte dir helfen können?"

„Du hast so schön ausgesehen als du geschlafen hast, wie ein Engel. Ich habe es nicht übers Herz gebracht und außerdem wollte ich dich mit dem Frühstück überraschen", fügt er noch hinzu.
„Das ist dir gelungen, komm lass uns anfangen bevor der Kaffee kalt wird." Ich schäle mich aus seiner Umarmung und setze mich an den Tisch. Vor lauter Angebot läuft mir das Wasser im Mund zusammen, mir war nicht Bewusst wie hungrig ich bin. Ich greife nach dem Croissant vor mir und beiße herzhaft rein. Ray steht immer noch wie angewurzelt da und schaut mich grinsend an.
„Weißt du wie sehr ich dich liebe Hannah? Zieh bei mir ein!"

Was? Habe ich jetzt richtig gehört? Hat Ray mich gerade gefragt ob ich bei ihm einziehe? Ich fange an zu husten, ich habe mich am Croissant verschluckt. Tränen steigen mir in die Augen, ich huste und huste. Ray stürzt auf mich zu, möchte mir auf den Rücken klopfen aber ich habe mich bereits wieder gefangen. Er sitzt auf den Knien vor mir guckt mich mit besorgten Augen an.

„Warum weinst du? Was ist los? Du musst nicht bei mir einziehen wenn du das nicht willst, ich weiß das kommt alles etwas schnell, es tut mir Leid, dass ich dich überrumpelt habe, aber…".

Ich lege Ray meinen Zeigefinger auf den Mund damit er aufhört zu reden. „Ja. Ja ich ziehe bei dir ein Ray, aber…" bevor ich ausreden kann, hat er mich bereits an sich gezogen, einen Kuss auf meinen Mund gedrückt. „Aber", versuche ich es noch einmal. „Bevor ich hier einziehe muss noch einiges geklärt werden."

„Alles was du willst, du machst mich gerade zum glücklichsten Mann auf Erden". Er drückt mich noch mal an sich. „ und jetzt wird gefrühstückt, der Rest findet sich schon", fügt er noch hinzu.

Gesagt, getan, wir sitzen noch lange am Frühstückstisch, lachen viel, reden über Belangloses, reden über den Umzug, die Arbeit aber irgendwie schleicht sich ein ungutes Gefühl um meinen Magen. Meine Freude über Rays Angebot ist von einem Schatten gedeckt.

Ray

Jetzt ist es raus, ich habe sie gefragt. Hannah zieht bei mir ein, ich bin überglücklich. Ich konnte nicht anders, es ist über mich gekommen als sie so da saß, in meinem Hemd, ihre langen nackten Beine im Schneidersitz im Stuhl, wie sie genüsslich ihr Croissant auseinander pflückt, ich konnte nicht anders als sie zu fragen ob sie bei mir einzieht. Auch jetzt kann ich es immer noch nicht fassen aber ich bereue es nicht, oh nein, ich kann es kaum erwarten sie jeden Abend hier zu haben, jeden morgen mit ihr aufzuwachen, sie um mich rum zu haben. Klar ist sie jetzt auch schon viel bei mir aber wenn sie hier lebt, bei mir, ist das wieder etwas anderes. Ich bin bereit, ich habe keine Angst, ich will es, ich will Hannah, komme was wolle.

Aber irgendetwas stimmt nicht. Sie hat sich gefreut, das schon aber ihre Augen verraten mir, dass etwas nicht stimmt. Etwas bedrückt sie, auch die Aussage, es müsse noch einiges geklärt werden vor dem Einzug, lässt mich aufhorchen.

Ich verdränge aber diese Gedanken und frühstücke in Ruhe weiter mit Hannah. Und irgendwann habe ich es auch komplett vergessen, wir reden noch stundenlang, machen schon kleine Pläne wie der Umzug aussehen soll, was sie mitbringt und wie es in Zukunft in meiner, Nein, unserer Wohnung aussehen soll.

Hannah

Heute übernachte ich mal zu Hause. Ich muss Claire schonend beibringen, dass ich zu Ray ziehe. Natürlich werde ich sie nicht im Stich lassen und Hals über Kopf meine Koffer packen, ich ziehe erst aus wenn sie einen neuen Mitbewohner gefunden hat. Das ist nur fair.

Also ist Mädelsabend angesagt, was meistens mit Lasagne anfängt und mit viel Wein aufhört. Als ich mit den Einkaufstüten bepackt, die Wohnungstür aufschließe, sehe ich wie Claire mit Mark in der Küche sitzt. Sie hört ihm aufmerksam zu und bemerkt mich nicht einmal. Er sitzt mit dem Rücken zu mir gedreht und kann mich auch nicht sehen. Er sagt was, ich kann nicht genau hören was, Claires Gesicht erstarrt und dann höre ich nur noch, du musst es ihr sagen, Mark, du musst es Hannah sagen.

„Du musst mir was sagen"?

Beide schrecken auf, Claire hebt sich von ihrem Stuhl. Mark schaut mich nicht mal an, er starrt auf den Tisch.

„Mark, du musst mir was sagen? Was ist hier los? Warum bist du hier? Mark?"

Ich gucke von Mark zu Claire, von Claire wieder zu Mark.

„Claire?"

Claire kommt auf mich zu. „Stell erst mal die Tüten ab und setz dich! Mark muss dir was sagen und ich glaube es ist besser du sitzt dabei."

„Ihr macht mir Angst, was ist los"? Langsam stelle ich die schweren Tüten auf den Boden, lege noch den Schlüssel auf den Tisch und setze mich hin, gegenüber von Mark. Dieser hebt seinen Kopf und schaut mich an. Ich kann in seinem Gesicht sehen, dass er mit sich hadert, so habe ich ihn noch nie gesehen. Er beißt sich sichtlich auf die Backenzähne, guckt mich mit diesen, ja fast schon traurigen Augen an. Seine Hände hat er zusammengefaltet aber drückt sie so fest gegeneinander, dass die Knochen schon weiß herausstechen.

„Mark?" schon fast flehend schaue ich ihn an. „Was sollst du mir sagen"?
„Hannah, es fällt mir nicht leicht aber ich muss dir etwas sagen was dir nicht gefallen wird. Aber ich habe etwas gesehen und ich finde du solltest es wissen. Anfangs wollte ich es nicht tun, wollte es

vergessen, verdrängen aber ich bin zum Entschluss gekommen es ist besser ich sage es dir auch wenn du mich nachher dafür hasst."

„Wofür soll ich dich hassen? Was hast du gesehen, Mark bitte, mache es nicht so spannend! Claire, was ist hier los?".

Claire sitzt sich neben mich und nimmt meine Hand. So langsam kriege ich es wirklich mit der Angst zu tun. Mark räuspert sich.

„Hannah ich sage dir einfach was ich gesehen habe, ohne um den heißen Brei zu reden ok? Ich weiß es wird dir nicht gefallen aber ich muss es tun".

Ich kann nur nicken, das Ganze wird mir so langsam zu viel.

„Ich habe gesehen wie Ray in der Damentoilette von der Fabrik eine andere Frau gefickt hat".

Wie erstarrt sitze ich da, gucke durch Mark hindurch und sage nur: „ Sag das nochmal!"

„Hannah bitte".

Ich springe von meinem Stuhl auf, stütze mich am Tisch ab und fixiere Mark. „Sag das bitte nochmal, und sag mir dass das kein übler Scherz ist, dass du das jetzt nicht erfindest weil jeder weiß dass du Ray nicht magst."

„Es tut mir Leid, Hannah, es ist leider kein Scherz, ich habe ihn gesehen. Ich wollte es dir schon neulich im Club sagen aber ich konnte nicht. Ich wollte es dir unter vier Augen sagen und bin deshalb heute hierhin gekommen und weil du nicht da warst habe ich es Claire gesagt weil ich immer noch nicht sicher war ob ich es dir überhaupt sagen sollte. Du bist seit langem so glücklich und ich wollte es dir nicht kaputt machen aber ich finde du solltest wissen was für ein Typ dein Ray ist."

„Raus!"

„Was du schmeißt mich raus? Hannah ich sage die Wahrheit. Was hätte ich davon dir was vorzulügen?"

„Genau Mark, was hast du jetzt davon, dass du mir so eine Geschichte auftischst? Warum machst du das? Bist du eifersüchtig?"

„Jetzt mach aber mal halblang, ich bin dein Freund und deshalb war es mir wichtig, dass du die Wahrheit erfährst. Glaubst du wirklich ich wäre eifersüchtig und würde dir dann mit so was kommen? Glaubst du wirklich, wenn ich was von dir wollte, was nicht der Fall ist, dass ich dich verletzen möchte um dich mit einer Lüge an mich zu binden? Hannah ganz ehrlich, werde erwachsen."

Bei diesen Worten, steht Mark auf und verlässt die Wohnung.

Claire, die wie angewurzelt neben mir steht, ergreift wieder meine Hand und sagt mit belegter Stimme: „ Vielleicht solltest du mit Ray reden?"

„Sag mir jetzt nicht, dass du Mark glaubst?", entsetzt schaue ich Claire an.

„Ganz ehrlich, ich weiß nicht wem oder was ich glauben soll, aber warum sollte Mark so was erfinden? Warum riskiert er seine Freundschaft mit dir wenn es eine Lüge ist, er hätte sich auch schon vor Ray an dich ranmachen können, was er nicht gemacht hat. Und ganz ehrlich wenn du ihm nicht glaubst ein Grund mehr mit Ray zu reden, dann hast du ja nichts zu verlieren, oder?"

Ich schnappe mir meine Schlüssel und während ich die Küche verlasse: „genau das werde ich jetzt auch tun". Claire bleibt in der Küche zurück und schaut mir hinterher.

Hannah

Auf dem Weg zu Ray überschleicht mich wieder dieses komische Gefühl. Das gleiche Gefühl hatte ich bereits gestern beim Frühstück. Was ist wenn Mark Recht hat und es keine Lüge ist? Hat Ray mich betrogen? Diese Entschlossenheit ihn zur Rede zu stellen, lässt immer mehr nach und als ich an der Tür stehe und klingele, schlottern mir schon fast die Knie.

Die Tür geht auf. „Hannah, du brauchst doch nicht zu klingeln, du hast doch einen Schlüssel." Ray bückt sich zu mir runter und gibt mir einen liebevollen Kuss auf die Wange. „Was machst du überhaupt hier, also nicht dass ich mich nicht freue aber wolltest du heute nicht mit Claire reden wegen des Umzugs?"

Ray ist schon wieder rein gegangen und hat nicht mal bemerkt, dass ich immer noch draußen stehe. Er redet weiter, er geht den Flur entlang und hat schon fast die Ecke erreicht, die Richtung Wohnzimmer führt, als ich ihn frage: „Ray, hast du im Club mit einer andere Frau in der Toilette gevögelt?" Jetzt ist es raus. Jetzt gibt es kein Zurück mehr. Abrupt bleibt Ray stehen. Immer noch kehrt er mir den Rücken zu.

„Vorher weißt du es? Wer hat es dir gesagt?"

Mir wird übel, mir scheint als ob mir jemand den Boden unter meinen Füssen wegzieht. Mein Mund wird trocken, mein Hals schnürt sich zu.
„Es stimmt also? Ray wie konntest du nur?" sind die Worte die ich noch herauspresse bevor ich kehrt mache und laufe. Ich muss hier weg, ich laufe ja ich rennen förmlich vor Ray weg. Tränen bahnen sich ihren Weg, laufen über mein Gesicht, fahrig wische ich sie mir weg, ich laufe weiter, kann fast nichts sehen aber wie in Trance laufe ich weiter bis ich zu Hause ankomme und völlig aufgelöst in Claires Armen Halt finde.

Ray

Verdammt.

Ich muss Hannah hinterher. Was stehe ich hier noch im Flur rum. Ich muss ihr sagen, wie leid es mir tut, dass es nichts zu bedeuten hat, dass es ein Fehler war, dass ich sie liebe. Aber meine Beine bewegen sich nicht. Ich stehe wie angewurzelt im Flur, die Tür, in der Hannah gerade noch stand, sie steht auf, sie ist Hals über Kopf weggerannt, kein Wunder nach dieser Leistung.

Langsam gehe ich zur Tür und schließe sie. Nein ich laufe ihr nicht hinterher. Was soll das bringen ich habe sie enttäuscht, schon wieder. Ich habe sie verloren, endgültig. Ich bin so ein Idiot, ich habe die Frau, die ich über alles liebe, belogen und betrogen. Mein Herz sagt mir, lauf ihr hinterher aber mein Kopf sagt mir, sie ist besser ohne dich dran. Sie braucht kein verlogenes Arschloch, sie braucht jemanden, der sie liebt, sie auf Händen trägt, ihr jeden Wunsch von den Augen abliest und vor allem braucht sie jemanden, der ihr nicht bei der nächst bietenden Gelegenheit fremd geht und es mit irgend einer daher gelaufenen Schlampe auf der Toilette treibt.

In der Küche angekommen, stütze ich mich mit den Händen an der Kochinsel ab. In Gedanken verloren, komme ich erst wieder zu mir als ich merke, dass sich meine Hände schon etwas taub anfühlen. Als ich mich etwas aufrechter hinstelle, wird es mir klar. Ich schnappe meine Schlüssel und tue etwas was ich noch nie getan habe.

Hannah

Zwei Tage sind mittlerweile vergangen, Ray hat sich nicht bei mir gemeldet, was mir wiederum beweist dass er es nie ernst gemeint hat. Ich habe Claire von seinem Geständnis erzählt, wenn man es so nennen will. Seitdem sitz ich hier und schaue mir Pretty Woman in der Dauerschleife an, ich hab nicht einmal mehr Lust zu lesen und mich in den Geschichten zu verlieren, so schlimm ist es um mich geschehen.

Also sitze ich auf der Couch mit einem Suppenlöffel in der einen und einer großen Portion Eis in der an der anderen Hand und spreche den Text aus Pretty Woman synchron mit als es an der Tür klingelt. In meiner übergroßen Jogginghose schlürfe ich zur Tür und mache auf.

„Mark was machst du denn hier?"
„Hallo Hannah, ich wollte nur mal sehen wie es dir geht. Claire hat mir gesagt, dass es aus ist zwischen dir und Ray. Ich wollte mich auch noch mal bei dir entschuldigen."

„Entschuldigen wofür? Ich muss mich eher bei dir entschuldigen.

Aber komm doch rein, schnapp dir ein Löffel in der Küche, ich schaue mir gerade Pretty Woman an willst du vielleicht mit gucken?

Wir sitzen beide beim Fernseher, keiner sagt was, Richard und Julia geben alles aber es liegt was in der Luft. Sie ist zum Schneiden.

„Hör mal ich wollte nicht, dass es so läuft. Ich wollte dich nicht verletzen aber ich musste es dir sagen, Hannah, es tut mir Leid", ergreift Mark das Wort.

„Nein, mir tut es Leid, ich hätte dich nicht aus der Wohnung werfen sollen, du kannst ja nichts dafür, du wolltest mir nur die Wahrheit sagen und ich wollte sie nicht hören, schon damals im Club wollte ich sie nicht hören. Ray ist und bleibt ein Arschloch, auch wenn es weh tut, muss ich mir das eingestehen, ich bin auf ihn reingefallen. Ich bin auch nur eine weiteres Betthäschen, das dachte sie könne ihn ändern, ich dachte er hätte sich wirklich in mich verliebt aber da habe ich mich wohl geirrt."

„Sei nicht so streng zu dir, du bist ein guter Mensch Hannah, irgendwann triffst du den Richtigen, wenn er dir nicht schon über den Weg gelaufen ist".

„Das ist lieb von dir aber im Moment habe ich erstmal genug von den Männern, aber danke dass du dir Sorgen machst, du bist ein wahrer Freund, komm her lass dich mal drücken."

Ja ein wahrer Freund höre ich noch in Marks Umarmung und dann steht er auf und sagt: „ ich muss dann mal los, man sieht sich." Etwas erstaunt über sein schnelles Aufbrechen füge ich nur noch ein „ja klar man sieht sich" dazu. Und schon ist Mark verschwunden. Seltsam aber ich habe jetzt keine Zeit an Mark oder sonst jemanden zu denken, Vivian greift in dem Moment nach der Perlenkette in der Edwuard die Schmuckschatulle wieder schließt, diese Szene bei Pretty Woman bringt mich immer wieder zum Lachen.

Ray

Ich bin auf dem Weg zu meinem Vater, ich muss mit ihm sprechen und mir einen Rat einholen. Zum allerersten Mal in meinem Leben frage ich ihn um Rat. Aber er kennt Hannah und mag sie sehr. Als ich sein Zimmer im Krankenhaus betrete, wird mir mal wieder Bewusst wie schlecht es ihm geht. Klar komme ich in letzter Zeit öfters her, seit wir uns damals ausgesprochen haben und auch seit der Übernahme der Kanzlei haben wir ein recht gutes Verhältnis und ich möchte die Zeit nutzen, die mir noch mit meinem Vater bleibt.

Die Rollos sind halb unten damit die Sonne meinen Vater nicht stört, er liegt in seinem Bett und schläft. Wie so oft in letzter Zeit. Und wenn ich ihn so da sehe, frage ich mich was ich hier eigentlich mache. Ich muss mein Problem mit Hannah selber lösen, ich kann ihm das jetzt nicht antun. Ich glaube das würde ihm das Herz brechen, er sieht in Hannah schon seit langem eine Tochter, die ich ihm jetzt vorenthalte. Ich musste ihm damals versprechen, es nicht zu vergeigen und was habe ich jetzt getan.

Ich bringe es nicht übers Herz ihn jetzt zu wecken, also stehe ich noch eine Zeitlang an seinem Bett und beobachte ihn beim Schlafen. In meinem Kopf, spielt sich das Szenario von vorhin noch mal ab. Heute Morgen war doch noch alles gut, wir haben zusammen gefrühstückt, über den Umzug gesprochen, gelacht, dann haben wir zusammen geduscht und Hannah hat sich fertig gemacht. Sie wollte noch einkaufen gehen um Claire mit einer Lasagne zu bestechen. Sie wollte ihr bei einem gemütlichen Mädelsabend mitteilen, dass sie ausziehen wird. Aber soweit ist es nicht mal gekommen. Nach ein paar Stunden steht sie dann wieder vor meiner Haustür, mit roten Wagen und hasserfüllten Augen.

Woher weiß sie von meinem Faux Pas aus der Damentoilette? Immer wieder denke ich an den gewissen Abend zurück. An die Blondine, die ihre Finger nicht von mir lassen konnte, wie wir es dann in der Toilette getrieben haben, Gefühle waren da keine im Spiel. Ich wollte es ihr einfach nur besorgen, damit sie mich in Ruhe lässt. Ich weiß noch dass Hannah und ich an dem besagten Abend Streit hatten und ich stur stracks in die Fabrik bin. Aber wer war denn da, der mich hätte sehen können? Wer hat es Hannah erzählt? Ich zermartere mir das Hirn aber es bringt alles nichts, ich werde am Montag mit ihr reden, mit einem klaren Kopf, vielleicht kann sie mir ja verzeihen, vielleicht wenn ich sie jetzt ein paar Tage in Ruhe lasse und sie einige Zeit zum Überlegen hat, hört sie mir zu und kann mich vielleicht sogar verstehen.

Mit dieser Entscheidung, verlasse ich dann auch das Zimmer ohne mit meinem Vater gesprochen zu haben und mache mich au den Heimweg.

Hannah

Montag! Das ganze Wochenende hat Ray sich nicht bei mir gemeldet. Nicht dass ich darauf gewartet hätte, dieser Typ kann mir gestohlen bleiben. Wieder schießen mir die Tränen in die Augen, nein Hannah hör jetzt auf zu heulen, dieser Typ ist es nicht Wert, klar hast du ihn geliebt, klar wolltest du sogar bei ihm einziehen aber er hat dich regelrecht verarscht, höre ich meine Stimme im Kopf. Aber mein

Herz sagt mir etwas anderes, er hätte es mir doch zumindest erklären sollen, das kann doch nicht alles gelogen sein, warum sollte ich dann bei ihm einziehen, es muss einen Grund geben warum er das gemacht hat.

Ich schüttele den Kopf als wollte ich diese absurden Gedanken wegschütteln, suche ich echt jetzt auch noch nach einer Entschuldung für ihn. Bin ich den bei Trost. Ich wasche mir das Gesicht und mache mich dann fertig für die Arbeit. Würde ich meinen Job nicht so lieben, würde ich mich weiterhin unter meiner Bettdecke verkriechen. Mir ist schon klar, dass ich ihm heute über den Weg laufen werde. Ich rede mir Mut zu und sage mir: du schaffst das Hannah, du wirst dich heute professionell aufführen und ihm so weit es geht aus dem Weg gehen. Du machst deinen Job, wie man es von dir gewohnt ist und trauerst dem Arsch nicht hinterher. Und wenn dieser knackige Arsch ein Kaffee haben will, soll er ihn sich gefälligst selber holen. Genau so mache ich das, so sieht der Plan aus,. Kopf hoch und Krone richten, ich werde ihm noch zeigen was er an mir hatte und es wird ihm noch Leid tun mich dermaßen verarscht zu haben.

Erhobenen Hauptes und mit meiner Handtasche unter meinem Arm gepresst, verlasse ich die Wohnung aber was ich näher an die Kanzlei komme, umso mehr mulmiger wird mir. Irgendwie sind mir meine aufmunternden Worte unterwegs abhanden gekommen. Jetzt fühle ich mich nicht mehr so mutig und selbstbewusst. Am liebsten würde ich umkehren aber dafür ist es nun auch zu spät, einige Kollegen haben mich gesehen, winken mir zu und warten auf mich im Eingangsbereich. Da muss ich jetzt wohl oder über durch. Einmal tief Luft holen und dann bin ich auch schon durch die Wendeltür.

An meinen Arbeitsplatz angekommen, mache ich das Licht an und starte meinen Computer. Atme Hannah, atme, sage ich mir, mir war bis jetzt nicht Bewusst, dass ich die Luft angehalten habe. Aber es gibt keinen Grund zur Sorge, Ray ist nicht mal in seinem Büro. Erleichtert mache ich mich an meine Arbeit.

Ray

Ich bin heute etwas später dran als sonst. Ich habe noch mal kurz nach meinem Vater gesehen. Sein Zustand ist unverändert. Als ich die Kanzlei betrete, herrscht schon ein wildes Treiben. Mandanten warten auf ihre Anwälte, die Telefone klingeln, die Drucker spucken seitenlange Dokumente aus ihrem inneren, ich halte kur inne und schaue mich kurz um. Keine Hannah zu sehen, ich begebe mich in mein Büro, was etwas hinten liegt. Der Chef muss ja auch irgendwelche Privilege haben, und wenn es nur ein ruhiger gelegenes Büro ist.

Komisch im Vorzimmer sitzt sie auch nicht, ich hatte gehofft auf Hannah zu treffen, ich wollte doch in Ruhe mit ihr reden. Ich gehe weiter in mein Büro, dort liegen schon meine Akten, die nach Uhrzeit der Termine fein sortiert auf meinem Schreibtisch liegen, also muss Hannah doch hier irgendwo sein. Ich erkenne ihre Handschrift auf den Post-it´s, die auf den Deckel der Akten kleben. Ich werde später mit ihr reden, ich muss mich etwas beeilen, der erste Mandant wird bald hier eintreffen.

Eine halbe Stunde später klopft es an meiner Tür und ich bitte sie herein. Hannah steht im Türrahmen, Gott sie ist so schön.

„Mr. Cooper, Mr. Weber wartet im Konferenzraum auf sie." Und schon schließt sich die Tür wieder. Ich konnte nicht mal was sagen. Und was sollte das mit Mr. Cooper, so hat sie mich noch nie genannt.

Sie war so schnell wieder verschwunden, als hätte sie Angst vor mir. Aber das muss ich jetzt verdrängen, ein wichtiger Mandant wartet auf mich. Als ich den Konferenzraum betrete, sitzt Mr. Weber bereits auf seinem Platz und auf dem Tisch steht auch schon Kaffee, den hat sie also auch schon gebracht. Hannah scheint mir aus dem Weg gehen zu wollen. Ich darf mir meine Unsicherheit nicht anmerken lassen, ich gehe auf meinen Mandanten zu, reiche ihm die Hand und frage wie ich ihm helfen kann. Aber ganz bei der Sache bin ich nicht, Hannah spukt mir im Kopf rum. Wo ist sie? Warum geht sie mir aus dem Weg? Na ja die Antwort darauf ist ja wohl offensichtlich. Ich muss dringend mit ihr reden.

„Mr. Cooper, hören sie mir eigentlich zu?" höre ich wen sagen. Oh mein Gott ich muss mich konzentrieren, bleib bei der Sache Ray, sagt mir meine innere Stimme. „Natürlich, höre ich ihnen zu, das sind gravierende Anschuldigungen, Sir, wir werden uns darum kümmern", höre ich mich sagen. Da habe ich aber gerade noch die Kurve gekriegt bevor mein Klient merkt, dass es mich eigentlich im Moment nicht interessiert.

Hannah

Bis jetzt bin ich Ray geschickt aus dem Weg gegangen. War schon komisch ihn vorhin mit Mr. Cooper anzusprechen, er war auch sichtlich überrascht. Ich habe ihn vorhin zufällig reinkommen sehen und mich dann schnell in der Küche versteckt. Ich weiß, dass er da nicht auftaucht, habe etwas abgewartet und bin dann wieder an meinen Platz ohne mich bei ihm zu melden. Mit Mr. Weber ist er auch länger beschäftigt, das heißt so schnell werde ich ihn jetzt nicht mehr sehen und kann etwas durchatmen.

Ich gehe auch etwas früher in die Mittagspause als sonst und als ich zurück komme ist Ray schon mit dem nächsten Kunden beschäftigt. Jemand anderes muss ihm wohl dann Kaffee gekocht haben, mir soll es Recht sein. Am späten Nachmittag fahre ich meinen Computer runter, hinterlege einen Zettel, dass ich morgen von zu Hause aus arbeite und verschwinde. Das geht ja leichter als ich dachte.

Ray

Hannah geht mir seit Tagen aus dem Weg. Jedes Mal, wenn ich ins Büro komme, sitzt sie nicht an ihrem Platz und doch sind meine Akten fein säuberlich auf meinem Schreibtisch zusammengelegt.

In der Mittagspause ist sie meistens auch schon weg wenn ich aus meinen Kundengesprächen komme. In den Versammlungsräumen steht auch immer alles bereit bevor der Kunde kommt, auf dem Tisch stehen schon Kaffee und Gebäck bereit damit sie nicht zwischen den Verhandlungen reinplatzen muss. Ich komme nicht mehr an sie ran, auch am Telefon drückt sie mich weg und wenn ich bei ihr zu Hause klingle, lässt sie sich von Claire verleumden.

Aber wie soll ich ihr erklären was passiert ist. Ihr meine Sicht der Dinge erklären, mich bei ihr entschuldigen, ihr sagen wie sehr ich sie liebe und sie sehr ich sie vermisse. Ich würde ihr gerne sagen, dass die Frau mir nichts bedeutet hat und dass das Alles nur passiert ist weil wir uns damals gestritten haben und ich dachte es wäre aus zwischen uns, auch wenn das keine Entschuldigung für mein Fehlverhalten ist.

Nur Hannah ist unerreichbar, wie ein Geist, der durch die Büroräume fegt und nicht zu hören geschweige denn zu sehen ist.

Umso überraschter bin ich als ich heute Morgen in die Kanzlei komme. Das Vorzimmer zu meinem Büro ist leer aber das ist nicht das merkwürdige, daran habe ich mich mittlerweile etwas gewohnt. Es brennt weder ein Licht im Vorzimmer noch in meinem Büro. Auch liegen keine Akten auf meinem Schreibtisch oder es hängen keine Merkzettel an meinem Bildschirm. Ich stelle meine Laptoptasche auf den Stuhl und mache mich auf die Suche nach Hannah. Nach einer kurzen Runde durch die Kanzlei und einigen Gesprächen mit den Kollegen, muss ich leider feststellen, dass sie nicht hier ist. Mit einem mulmigen Gefühl, mache ich mich wieder in mein Büro zurück. Stelle meine Tasche auf den Boden und da sehe ich ein Umschlag liegen, der muss vorhin runtergefallen sein als ich den Laptop auf den Stuhl abgelegt habe.

Mein unbehagliches Gefühl bestätigt sich als ich den Umschlag öffne und einen Brief herausnehme. Ich lese ihn einmal, zweimal, es handelt sich um Hannahs Kündigung. Sie hat kurz und knapp beschrieben, dass sie unter solchen Umständen hier nicht mehr arbeiten kann, sie die Personalabteilung bereits über ihre Kündigung in Kenntnis gesetzt hat und sie bis zum offiziellen Stichtag ihren Resturlaub nimmt. Alles scheint gut durchdacht. Noch mit dem Brief in de r Hand gehe ich ins Vorzimmer und da bemerke ich erst, dass ihre Sachen nicht mehr da sind. Ihre Fotos, ihre Jacke, die immer an ihrem Stuhl hängt, sogar ihr Pflanze ist nicht mehr da. Alle ihre persönlichen Gegenstände sind weg, es wirkt alles so leer. In den Regalen stehen nur noch die dicken Fachbücher. Außer dem üblichen Büromaterial sehe ich nichts mehr was mich an Hannah erinnern könnte. Sie muss heute Morgen schon früh hier gewesen sein, muss ihre Sachen eingepackt haben und mir den Brief hinterlegt haben. Dann hat sie mir nichts dir nichts die Kanzlei verlassen.

Frustriert kehre ich an meinen Schreibtisch zurück, lege den Brief zur Seite und fange an zu arbeiten. Verschiebe meine Gedanken an Hannah zur Seite, darum muss ich mich später kümmern, der erste Mandant lässt nicht mehr lange auf sich warten.

Hannah

Mit der Pflanze unter dem Arm und einer Kiste mit meinen persönlichen Sachen, stehe ich im Flur in unserer WG, die Tränen laufen mir die Wangen runter, ich weiß nicht warum ich weine, schließlich war es meine Entscheidung zu gehen. Klar fällt es mir nicht leicht die Kanzlei nach all den Jahren zu verlassen aber es war nein ist die einzig richtige Entscheidung. Ich kann Ray nicht ständig aus dem Weg gehen, aber ihm in die Augen schauen kann ich auch noch nicht. Mir rutscht jedes Mal mein Herz in die Hose wenn ich ihn sehe. Es schmerzt noch zu sehr ihm gegenüber zu treten. Er hat mich zu sehr verletzt, mein Vertrauen missbraucht und mich nach Strich und Faden belogen und betrogen.

Dank eines Empfehlungsschreibens von Mr. Cooper, habe ich schnell wieder etwas Neues gefunden. Vor einigen Tagen war ich im Krankenhaus, habe ihm die Situation erklärt, habe ihm gesagt, dass das mit mir und Ray aus ist bevor es richtig angefangen hat. Details habe ich ausgelassen, aber dass ich unter den gegebenen Umständen nicht weiterhin in der Kanzlei beschäftigt sein kann. Mr. Cooper war anfangs überrascht und hat einige Fragen gestellt aber ich habe ihn gebeten mit seinem Sohn darüber zu sprechen. Er hat darauf bestanden mir ein Empfehlungsschreiben auszustellen, ich hätte nie danach gefragt in seinem Zustand.

Am nächsten ersten kann ich bereits in einer kleinen Kanzlei als Anwaltsgehilfin anfangen. Beim Vorstellungsgespräch waren alle sehr nett und zuvorkommend. Ich habe ein kleines Büro, in das ich mich zurückziehen kann, flexible Arbeitszeiten und ein angemessenen Gehalt. Natürlich kann man es nicht mit einer so bekannten und großen Anwaltskanzlei vergleichen wie die von den Coopers aber ich denke hier werde ich meinen Ansprüchen gerecht werden.

Claire findet mein Handeln etwas überzogen aber steht hinter mir. Sie ist zwar immer noch der Meinung dass ich irgendwann mit Ray reden muss, insgeheim hat sie auch Recht aber das muss ich ihr nicht sagen.

Es nützt nichts Trübsal zu blasen, also bringe ich die Pflanze samt Karton in mein Schlafzimmer und fange an die Wohnung aufzuräumen und zu putzen. Das ist auch schon lange fällig und nun habe ich genügend Zeit bis Claire nach Hause kommt und das bringt mich vielleicht auf andere Gedanken

Ray

Mittlerweile sind schon einige Wochen vergangen seitdem Hannah gekündigt hat. Ich konnte weder mit ihr sprechen, noch sie sehen. Am Telefon drückt sie mich weg und bei ihr zu Hause ist sie nie zu erreichen als wäre sie vom Erdboden verschluckt. Ich muss sie vergessen aber es fällt mir nicht leicht. Sie ist überall, in meiner Wohnung liegen noch Klamotten von ihr, die habe ich mittlerweile in einen Karton gepackt habe, im Bad steht noch ihre Zahnbürste und ihr Parfum, das ich so an ihr geliebt habe.

Anfangs habe ich mich erwischt, wie ich an ihren Sachen geschnüffelt habe, der Kirschgeruch hat sie mir wieder zu mir gebracht, aber jedes Mal wenn ich die Augen geöffnet habe, stand ich wie ein Blöder in meinem Wohnzimmer mit irgendeinem T-Shirt von ihr an der Nase gedrückt, ich brauche nicht zu erwähnen wie enttäuscht ich jedes Mal war.

Mein Freund Pete kommt nachher vorbei, er meint es ist wieder an der Zeit einige Frauen auf zu reißen obwohl ich anderer Meinung bin, denn Hannah geht mir nicht aus dem Kopf. Ich würde ihr so gerne alles erklären. Aber Pete akzeptiert keine Ausreden, ich muss mich etwas beeilen denn er wird bald hier sein. Ich springe schnell unter die Dusche aber auch hier bin ich nicht vor Hannah sicher, wenn ich die Augen schließe, sehe ich wie ich sie gegen die Duschwand drücke und wir uns lieben. Ihre pure Lust und Verlangen in ihren Augen."Hör auf damit, sie ist weg", schaltet sich mein Kopf ein. Betrübt steige ich aus der Dusche, trockne mich ab und wickele mir das Handtuch um die Hüften. Ich betrachte mich im Spiegel, schüttele den Kopf als ob ich so meine Stimmen im Kopf wegschütteln könnte. „Komm aus dem Quark" sage ich mir selber im Spiegel und fange dann endlich an mich fertig zu machen. Nachdem ich mich rasiert und die Zähne geputzt habe, springe ich in meine Lieblingsjeans, streife mir ein Hemd über meinen nackten Oberkörper und runde das Ganze mit Parfum ab. Etwas Gel in den Haaren lässt mich verwegener aussehen, ich weiß ja vorauf die Frauen stehen.

Wie auf Kommando klingelt es an der Tür. Pete steht mit einem weiten Grinsen im Türrahmen, ich schätze er hatte schon einige Biere intus, seine glasigen Augen verraten ihn. Mir soll es Recht sein, wir wollen uns amüsieren, einen geilen Männerabend soll es werden, viel Alkohol und viele Frauen. Wem versuche ich hier etwas vorzumachen.

Hannah

Claire hat für heute Abend einen Mädelsabend geplant. Das übliche Programm, Lasagne und Fabrik. Sie sagt ich habe genug Trübsal geblasen und es wird Zeit mir einen neuen Prinzen zu suchen. Aber ich will eigentlich keinen neuen Prinzen, der entpuppt sich eh wieder als Frosch.

Und wenn ich ehrlich bin kommt nur ein Prinz in Frage und das ist Ray. Auch nach allem was passiert ist, vermisse ich ihn so sehr. Es stimmt schon dass ich ihm nicht mal eine Chance gegeben habe, seine Sichtweise der Situation zu erklären aber was gibt es da zu erklären. Er hat sich bei der erst besten Gelegenheit eine andere an Land gezogen und die in der Toilette gevögelt. Was gibt es da nicht zu verstehen.

Claire schaut mich von der Seite an und sagt dann: „ Komm schon Hannah, wir machen uns heute einen schönen Abend, vergieß den Typen endlich, andere Mütter haben auch schöne Söhne, das bist du mir schuldig nach dem ganzen Rumgeheule habe ich etwas Spaß mit meiner besten Freundin verdient", fügt sie verschmitzt hinzu. „Ich weiß du hast ja Recht, lass uns feiern und das mit dem Rumgeheule tut mir Leid." „ Hey dafür sind Freundinnen doch da, fürs Rumgeheule aber auch fürs Feiern, Süße ich bin immer für dich da, das weißt du", sie nimmt mich in den Arm als Bestätigung und drückt mir einen Kuss auf die Wange. „Und jetzt geh bitte duschen weil so will dich weder ein Frosch noch ein Prinz", lachend entlässt sie mich aus ihrer Umarmung. Ich schaue sie gespielt gekränkt an, muss aber lachen als die Nase rümpft.

Frisch geduscht, dezent geschminkt und mit einem schönen Sommerkleid bekleidet, komme ich dann in die Küche wo Claire bereits auf mich wartet. Ich weiß nicht wie sie das immer macht, sie könnte auch einen Jutesack anziehen und würde noch toll darin aussehen. Ich muss schon mehr an mir arbeiten um halbwegs so toll auszusehen wie Claire. Sie kann auch morgens aus dem Bett steigen und niemand würde merken dass sie gerade erst aufgestanden ist, meine Wenigkeit hat dann direkt ein Nest auf dem Kopf, weil meine Haare total zerzaust sind und eine tiefe Furche im Gesicht, einen Abdruck vom Kissen das ich vollgesabbert habe. Gut es ist nie so schlimm, dass es nicht mit einer warmen Dusche wieder zu kippen ist aber es braucht seine Zeit. Das Leben ist nicht immer fair.

Wir sitzen in der Küche, verdrücken unsere vorzügliche Lasagne und machen uns dann bereit für die Fabrik. Zähne putzen, roter Lippenstift und der Liedschatten wird noch mal nachgezogen und dann geht es los. Als wir in der Fabrik ankommen, ist schon viel Betrieb. Die Tanzfläche ist schon gut besucht, an der Bar ist auch schon viel los, also entschließen wir uns erst unsere Freunde zu suchen bevor wir uns einen Drink genehmigen. Gesagt, getan, die meisten unserer Truppe sind schon da. Sie sitzen wie immer in unserer Ecke, unterhalten sich wild und gestikulieren mit ihren Gläsern. Nur Mark fehlt. Ich hoffe er ist mir nicht mehr sauer. Seit dem besagten Abend haben wir uns nicht mehr gesprochen, ich hatte irgendwie gehofft das Problem heute aus der Welt zu schaffen. Wir setzen uns zu den anderen, Claire hat sich schon einen Kellner geschnappt und unsere Getränke bestellt. An und für sich spricht nichts gegen einen schönen Abend unter Freunden.

Ray

Als Pete und ich eintreffen, steppt bereits der Bär. Die Musik ist bis zur Straße zu hören, die Fabrik hat sich wirklich zu einem der angesagtesten Clubs entwickelt. Überall sieht man Menschengruppen, Frauen mit zu kurzen Röcken und tief ein blickendes Dekolletés, Männer mit Bierflaschen in der Hand, die die Lage abchecken, aber auch Paare, die zusammenstehen und sich unterhalten, die Tanzfläche ist gerammelt voll, der DJ macht seine Arbeit sichtlich gut. Wir quetschen uns durch die Menge und stellen uns an die Bar, es wird wohl dauern bis uns jemand bedient aber der Abend ist noch jung. Pete ist in seinem Element, quatscht jede Frau an die an ihm vorbei läuft und jede lässt ihn auch abblitzen was mich zum Lachen bringt.

Er ist so subtil in seiner Anmache, dass die Frauen schon von vorne herein genervt sind. Einige ignorieren ihn komplett, andere rollen mit den Augen und wiederum andere würden ihm am liebsten einen klatschen. Obwohl es mich amüsiert zu sehen wie er jedes Mal aber wirklich jedes Mal einen Korb kriegt, versuche ich ihn nicht von seinem Plan abzubringen eine Frau abzuschleppen. Wenn das so weiter geht ist der Abend schneller vorbei als er angefangen hat, nicht weil Pete eine Frau gefunden hat, nein eher weil er eine sich eine blutige Nase fängt.

Unsere bestellten Getränke werden endlich serviert und ich kann Pete davon überzeugen sich etwas abseits der Bar zu stellen. So kann er sich in Ruhe umschauen und nicht alles angraben was ihm über den Weg läuft. Die Stimmung in der Fabrik ist echt gut, die Musik lässt mich mit dem Fuß wippen und ich nippe an meinem Gin und auch ich schaue mich um. Aber was sehe ich da oder besser wen sehe ich da, das gibt es doch nicht.

Hannah

Die Stimmung in unserer Runde ist gelassen. Wir unterhalten uns, lachen viel und gehen mit der Musik. Doch dann schlendert jemand auf uns zu. Eine männliche Gestalt nimmt Kurs auf uns und bleibt vor mir stehen. Mark. Ich schaue zu ihm hoch und guckt mir direkt in die Augen und lächelt. Er ist nicht mehr sauer, ich stehe auf und umarme ihn."Zwischen uns ist wieder alles ok?", frage ich ihn. „Klar ist alles ok und jetzt lass uns einen trinken und die Sache schnell vergessen". Prompt bestellt Mark uns einen Drink beim Kellner, der wie gerufen an uns vorbei läuft. Ich bin so erleichtert, dass Mar es mir nicht nachträgt. Es verspricht doch noch ein entspannter Abend zu werden.

Aber Mark ist irgendwie nervös. Sein Fuß wippt ständig und er schaut sich dauernd um als würde er nach jemandem Ausschau halten. Ich lege meine Hand auf seine Oberschenkel und frage: „ Was ist denn los? Du wirkst aufgewühlt, ist irgendwas?"

Mark schaut mich an aber da ist was in seinem Blick. Er sucht nach Worten, er öffnet den Mund aber es kommt nichts. „Mark, rede mit mir was ist los? Oder bis du immer noch sauer auf mich, dachte die Geschichte wäre geklärt."

„Hannah ich muss dir etwas sagen aber ich weiß nicht wie, ich will es dir schon länger sagen aber irgendwie gab es nie den richtigen Moment und dann die Geschichte mit Ray…"
Oh mein Gott Ray hatte Recht, Mark will was von mir. Bitte sag mir jetzt nicht dass du dich in mich verknallt hast, sage ich mir in meinen Gedanken. „Spuck es raus, ich merke doch dass dich etwas belastet", versuche ich so ruhig wie möglich zu sagen.

Er dreht sich so dass wir genau gegenüber von einander sitzen, greift nach meiner Hand, schaut mir tief in die Augen und sagt: „Hannah ich bin schwul".

Etwas perplex schaue ich ihn an, hatte durchaus mit was anderem gerechnet.

„Sag doch was, ich wusste ich hätte es für mich behalten sollen". Geknickt zieht er seine Hand zurück. „Nein, nein alles gut", versuche ich ihn zu beruhigen, greife wieder zu seiner Hand, drücke sie fest und sage dann: „Mark, ich bin froh dass du es mir gesagt hast, aber warum hast du nicht schon früher was gesagt und warum bist du so nervös, dachtest du ich würde dich dann nicht mehr mögen.

„Ich weiß auch nicht warum, es ist auch noch ziemlich neu für mich, ich wusste ja irgendwie schon immer dass ich nie so auf Frauen stehe wie es eigentlich von einem Mann gewohnt ist, hatte auch schon einige Dates mit Männer, die sich aber immer wieder als Reinfall entpuppt haben und wie schon gesagt wie sagt man das oh hey Leute übrigens ich bin schwul, ich habe immer den passenden Moment abgewartet aber der kam irgendwie nie aber ich bin erleichtert, dass du es jetzt weißt", fügt er lächelnd hinzu.

„Okay und warum gerade jetzt?"

„Ich habe jemanden kennengelernt, es läuft recht gut zwischen uns und eigentlich wollte ich ihn euch heute vorstellen aber scheint sich etwas zu verspäten."
„Oh Mark, es freut mich so für dich, wirklich", ich nehme ihn fest in den Arm und drücke ihn an mich. Kurz schließe ich die Augen und dann ging alles so schnell.

Ray

In der Ecke sitzt Hannah mit ihren Freunden, ich erkenne Claire, die wie immer mit flirten beschäftigt ist, Sarah, Janine, Ben, Jochen und noch andere deren Namen ich nicht kenne. Aber was mir ins Auge sticht ist natürlich Hannah. Sie sitzt neben Mark, diesem Arschloch. Beide unterhalten sich. Sie hat ihre Hand auf seinem Oberschenkel und redet auf ihn ein. Ich wusste es, ich wusste dass er sich an sie ran macht und jetzt wo ich aus der Schusslinie bin, hat er natürlich freie Bahn. Ich koche vor Wut, meine Hand ballt sich zu einer Faust so fest dass die Knöchel bereits weiß raus stechen. Dann sehe ich wie er ihre Hände in die seine nimmt, sie tief in die Augen schaut, sie schluckt und dann sagt er ihr etwas. Sie stutzt, ihr Mund öffnet sich, ihr Gesichtsausdruck verändert sich, erst wirkt sie unsicher, er zieht seine Hände wieder weg. Ha hat wohl eine Abfuhr erhalten, geschieht ihm ganz recht dieser Lackaffe, etwas entspannter nippe ich an meinem Drink. Doch dann greift sie wieder nach seinen Händen, ihre Gesichtszüge werden weicher, sie schaut ihn an uns scheint ihn etwas zu fragen immer noch Händchenhaltend.

Das kann ich nicht mit ansehen, ich drücke Pete mein Glas in die Hand und bewege mich stur stracks dahin. Eine Wut kommt in mir auf, auf dem Weg schubse ich jeden zur Seite, der sich mir in den Weg stellt und dann sehe ich noch wie sie diesen Vollidioten umarmt, fest und dabei die Augen schließt, Da gehen die Pferde mit mir durch, immer schneller versuche ich mich der Gruppe zu nähern und dann packe ich Mark, zerre ihn von Hannah los und verpasse ihm eine. Etwas benommen und erschrocken, taumelt diese zurück auf die Couch, hält sich das schmerzende Auge und schaut entsetzt zu mir hoch. „Alter geht´s noch?"

„Hände weg von meiner Freundin, wenn du sie noch einmal anfasst erlebst du dein blaues Wunder", wutentbrannt wende ich mich Hannah zu. Doch dann wird mir klar was gerade passiert ist. Sie steht vor mir mit den Händen in der Hüfte, ihr Gesicht ist rot vor Wut und könnten ihre Augen Blitze verschicken, würde mich einer treffen.

„Spinnst du? Hast du nicht mehr alle Tasse im Schrank? Was soll das? Ich bin nicht mehr deine Freundin und was gibt dir das Recht Mark eine zu verpassen?, spuckt sie mir förmlich entgegen.

„Hannah, bitte lass mich erklären.." weiter komme ich nicht

„Verschwinde Ray und lass dich hier nicht mehr blicken!" sie setzt sich zu Mark und inspiziert dessen anschwellende Auge.

„Hannah bitte, ich liebe dich und als ich diesen Idioten gesehen habe wie er dich an gräbt, habe ich Rot gesehen, mir sind die Sicherungen durch gegangen…"

„Und das gibt dir das Recht ihm ein blaues Auge zu verpassen ohne zu wissen worum es eigentlich geht?"

So langsam werde ich sauer, merkt sie denn nicht was dieser Mark von ihr will. Und warum ist er so verdächtig ruhig, er sitzt nur da und reibt sich sein Auge. Er wägt nicht mal in Erwägung mich zurück zu schlagen, sagt kein Ton, lässt sich von Hannah bemuttern. Das macht mich noch wütender.
„Merkst du denn nicht was hier gespielt wird, Mark ist scharf auf dich. Er hat schon damals alles dran gesetzt uns auseinander zu bringen um dich für sich zu gewinnen. Ist es das was du willst, Hannah? Ziehst du ihn mir vor, liebst du diesen Idioten?"

Langsam steht Mark auf noch immer etwas benommen und stellt sich zwischen mich und Hannah. Wir sind auf Augenhöhe, Mark räuspert sich: „ ich weiß nicht wer hier der Idiot ist, du hast sie doch betrogen mit einer daher gelaufenen Schlampe auf dem Damentoilette. Hannah hat etwas Besseres verdient wie dich."

„Ah jetzt verstehe ich, du hast es Hannah gesagt, du bist Schuld daran, dass sie mich verlassen hat, du mieses Arschloch."

„Nein Mann du raffst es nicht, daran bist nur du Schuld". Kopfschüttelnd versucht er an mir vorbei zu kommen, streift noch meine Schulter und macht sich auf den Weg zur Bar. Mit allem hatte ich gerechnet aber nicht damit. Ich dachte er würde mir auch eine runterhauen aber er lässt mich einfach stehen.

Als ich mich wieder umdrehe, hat Hannah ihre Sachen zusammengepackt und gibt Claire ein Zeichen zu gehen. Sie schaut mich noch ein letztes Mal an und sagt dann: „Ray es ist aus und lass mich bitte in Zukunft in Ruhe". Kaum ausgesprochen macht sie kehrt und verschwindet mit Claire in der Menschenmenge Richtung Ausgang. Ich stehe hier in mitten ihrer Freunde wie ein begossener Pudel. Aber es scheint niemanden weiter zu interessieren, sie widmen sich wieder ihren Gesprächen und ihren Drinks. Ich raufe mir die Haare, schaue rüber zur Bar wo etwas abseits immer noch Pete steht, der scheint von dem ganzen Geschehen nichts mitbekommen zu haben. Er ist in einem Gespräch mit einer Blondine vertieft und so wie es aussieht scheinen beide Spaß daran zu haben.

Ich muss hier raus. Das alles wird mir zu viel. Ich brauche frische Luft. Als ich auch zum Ausgang gehe, sehe ich noch wie Mark sich einen Eisbeutel an sein Auge hält, ein Mann steht neben ihm, streichelt seinen Arm und redet auf ihn ein. Momentmal streichelt seinen Arm. Ich schaue noch mal rüber und genau in dem Moment senkt Mark seinen Kopf und gibt dem Fremden einen Kuss auf den Mund. Dieser schaut ihn verliebt an und erwidert seinen Kuss. Mark ist schwul. Jetzt wird mir so einiges klar, deshalb hat er sich nicht gewehrt, deshalb hat er nichts gesagt, weil es nichts zu sagen gab. Ich bin so ein Idiot.

Hannah

Ist das jetzt gerade wirklich passiert? Im ersten Moment beichtet Mark mir dass er schwul ist und im nächsten Moment haut Ray ihm eine runter. Wo kam dieser eigentlich her? Und was sollte das? Gut mittlerweile ist mir klar warum Ray das gemacht hat, er ist eifersüchtig auf Mark. Aber das gibt ihm immer noch nicht das Recht ihm ein blaues Auge zu verpassen. Ich muss ihn morgen unbedingt anrufen und ihn fragen wie es ihm geht. Und Ray ja der ist definitiv Geschichte so was geht gar nicht. Wie er da stand, Wut sprudelte nur aus seinem Mund, seine Augen waren zusammengekniffen, seine Fäuste zusammen geballt bereit für einen weiteren Schlag. So hatte ich ihn noch nie gesehen und um ehrlich zu sehen möchte ich ihn auch so nicht mehr sehen.

Mark ist Gott sei Dank ruhig geblieben, nicht auszumalen was noch hätte passieren können.
Ich bin froh, dass Claire mich nach Hause begleitet hat wer weiß ob Ray mir sonst noch gefolgt wäre.

Zu Hause machen wir uns einen Tee und setzen uns auf die Couch. Wir reden noch einen Zeitlang über den nicht vorhersehbaren Ausgang des Abends und gehen dann beide erschöpft ins Bett.

Ich werde durch ein Klingeln geweckt, etwas benommen schaue ich mich um. Wer kann das sein? Es ist Sonntag, wer weckt uns so früh. Direkt schießt mir Ray in den Kopf, er wird es doch nicht wagen nach dieser Aktion hier noch aufzutauchen. Wütend steige ich aus dem Bett, schnappe mir meinen Morgenmantel und gehe zur Tür. Mit einer Wucht öffne ich sie und bevor ich was sagen kann steht da Mark mit einem anderen Mann. Sein Auge ist blau und blutunterlaufen. Entsetzt fasse ich mir an den Mund. „Es tut mir so Leid", flüstere ich. Mark bückt sich nach vorne, holt mich in den Arm und sagt: „ Du kannst doch nichts dafür, es sieht schlimmer aus als es ist". Ich gehe einen Schritt zurück und schaue ihn an, er lächelt nur und sagt dann: „ Hannah darf ich dir jemanden vorstellen, gestern stellte sich mir leider eine Faust in den Weg". Er lässt mich los, geht zur Seite, „das ist Chris, Chris Hannah eine gute Freundin".

Chris kommt auf mich zu nimmt mich prompt in den Arm. „Hi Hannah, freut mich dich kennen zu lernen, Mark hat schon soviel von dir erzählt". Ich bin sprachlos, einfach nur sprachlos und das passiert mir nicht oft. Stille entsteht, Mark räuspert sich und fragt: „ Dürfen wir reinkommen oder müssen wir im Flur verharren?" „ Oh Gott klar, kommt rein, sorry wo sind denn meine Manieren? Kommt rein, macht es euch im Wohnzimmer gemütlich, ich putze mir schnell die Zähne und Gesicht und dann mache ich uns einen Kaffee und ihr erzählt mir wie und wo ihr euch gefunden habt. Ich will alles wissen, das kleinste Detail, oder vielleicht doch nicht das kleinste Detail", stutze ich. Beide grinsen sich an.

Schnell verschwinde ich im Bad, mache mich etwas frisch um dann in der Küche Kaffee zu kochen. Ich jongliere mit den drei dampfenden Kaffeetassen zurück ins Wohnzimmer wo wie aus dem Nichts Claire auftaucht. Sie trägt ihre Schlafmaske wie immer auf der Stirn, sieht aber wie aus dem Ei gepellt aus, wie macht sie das nur, wenn ich an mir runter schaue, sehe ich nur einen verwaschenen Bademantel und alte Latschen die als meine Hausschaue dienen.

„Rieche ich hier etwa Kaffee?" fragt Claire und schnappt sich prompt meine Tasse. Bevor ich irgendetwas erwidern kann hat sie meine Tasse schon an ihren Mund geführt. Es bleibt mir nichts anderes übrig also noch mal in die Küche zu gehen und mir eine neue zu holen.

Wir verbringen fast den ganzen Sonntag zusammen. Chris scheint ein netter Typ zu sein, er passt gut zu Mark und auch zu unserer Truppe. Sie erzählen wie sie sich kennen und lieben gelernt haben, wir reden viel, lachen viel und lernen uns alle kennen, das ein oder andere Kissen fliegt auch mal durch die Luft wenn jemand was erzählt was dem anderen etwas peinlich ist, natürlich nur ohne jemanden schaden oder kränken zu wollen. Am Nachmittag bestellen wir uns eine Pizza und merken nicht wie die Zeit vergeht. Irgendwann am späten Nachmittag, brechen die zwei auf und Claire und ich verbringen den Rest vom Sonntag damit es uns auf der Couch gemütlich zu machen. Wir schauen uns einen Film bei Netflix an und ich bin dankbar dass niemand mehr den gestrigen Abend erwähnt hat und wir alle einen schönen Sonntag verbracht haben.

Ray

Ich bin schon ziemlich früh aufgestanden, ich konnte nicht schlafen. Der Abend geht mir nicht mehr aus dem Kopf. Hannahs Umarmung, wie sie sich die Hände gereicht haben, immer wieder sind diese Bilder aufgeflackert, dann wie ich Mark am Kragen gepackt habe, aber auch der Kuss, den er mit dem Fremden ausgetauscht hat und den ich eher zufällig gesehen habe, geht mir nicht aus dem Kopf.

Die ganze Zeit über war ich eifersüchtig auf einen Typen, der nichts von Hannah will sondern mit einem Mann liiert ist. Ich bin so ein Trottel. Und mit meiner Aktion habe ich es mir jetzt endgültig versaut. Wie sie mich angesehen hat, ich würde jetzt nicht sagen Hass aber blanke Wut war in ihren Augen zu sehen. Sie war enttäuscht und um ehrlich zu sein kann ich sie sogar verstehen. Ich weiß auch nicht was mit mir los ist, aber wenn es um Hannah geht, schaltet sich mein Gehirn aus und dann passieren Sachen die nicht passieren dürfen.

Geknickt ziehe ich mich an, trinke noch schnell einen Kaffee und mache mich auf den Weg zum Krankenhaus. Mein Vater liegt in seinem Krankenbett, Carole sitzt neben ihm und hält seine Hand. Zuerst bemerken sie mich nicht aber dann lächeln sie mich an und bitten mich, mich dazu zu setzen. Mein Vater streckt seine freie Hand nach mir, ich ergreife sie, sie ist kalt und ohne Kraft.

„Junge, du siehst nicht gut aus, was bedrückt dich? Es geht um Hannah nicht wahr?"

„Woher", ich beende den Satz nicht mal weil mir sofort klar wird, dass Hannah hier gewesen sein muss.

„Sie war vor einigen Tagen hier und hat mir unter Tränen erzählt was passiert ist. Sie liebt dich Raymond aber du hast sie verletzt und enttäuscht. Hör mir zu, mach nicht den gleichen Fehler wie ich, du musst den Menschen, die du liebst sagen was du für sie empfindest sonst wenden sie sich von dir ab und du wirst sie verlieren. Glaube mir ich weiß wovon ich spreche." Er schluckt, legt eine kleine Pause ein. Es fällt ihm sichtlich schwer zu sprechen und dennoch fährt er fort: „ Ich habe deiner Mutter nie gesagt wie sehr ich sie geliebt und gebraucht habe und wir wissen beide was passiert ist. Auch dich hätte ich fast verloren, mein Stolz wollte es nicht zulassen. Es war einfacher mich hinter meiner Arbeit zu verstecken, ich habe mir immer gedacht irgendwann wirst du es schon merken oder wissen, dass ich dich liebe und dass ich sehr stolz auf dich bin. Erst diese blöde Krankheit und Carole haben mich darauf aufmerksam gemacht, dass man über seinen Schatten bringen muss. Also bitte, Raymond, versprich mir, dass du mir Hannah redest."

Auch Carole, die die ganze Zeit über nur da sitzt und zuhört, räuspert sich: „ Ray es geht mich nichts an aber darf ich dir einen gut gemeinten Rat geben. Wenn sie die Richtige ist, die Frau mit der du dir dein Leben vorstellen kannst, dann geh zu ihr und sag ihr offen und ehrlich wie du darüber denkst. Entschuldige dich für deine Fehler, die du gemacht hast und bringe die Sache wieder in Ordnung. Und vor allem, mache sowas nie wieder!", fügt sie noch etwas ernster dazu.

„Ihr habt ja Recht und ja sie ist die Richtige aber was ist wenn es zu spät ist. Was ist wenn sie mich nicht mehr will. Ich habe echt Scheiße gebaut."

„Ja das hast du aber wenn du nicht mit ihr redest wirst du es nie erfahren. Mein seelischster Wunsch wäre es wenn ihr wieder zueinander finden würdet, Hannah ist wie eine Tochter für mich, sie ein guter Mensch und vor allem tut sie dir gut."

Ich kann nur nicken. Ich bleibe noch eine Zeitlang bei den beiden. Wir reden noch über Gott und die Welt, über die Krankheit und und und. Dann mache ich mich wieder auf den Heimweg. Caroles und Dads Worte hallen mir immer noch durch den Kopf. Ich muss was unternehmen, ich muss mit ihr reden.

Hannah

Montagmorgen, mein erster Arbeitstag. Es ist noch recht früh, die Büros sind noch teilweise leer, diese Uhrzeit mag ich am liebsten, dann wenn es noch nicht so hecktisch ist, die Telefone noch nicht sturm klingeln und jeder wild durcheinander redet.

Eigentlich habe ich damit gerechnet noch was von Ray zu hören, nach dieser Aktion am Wochenende aber er scheint es wohl kapiert zu haben, dass es aus ist. Claire und ich haben gestern Abend noch etwas darüber gesprochen aber auch wenn es weh tut, ist es wohl das Beste Ray aus meinem Leben zu streichen.

Es ist besser mich jetzt um meinen neuen Job zu kümmern und der Rest findet sich von alleine. Meine Eltern wissen noch nichts von dem ganzen Schlamassel aber ich habe mir fest vorgenommen sie in den nächsten Tagen zu kontaktieren. Meine Mutter wird enttäuscht sein aber mein Vater wird es verstehen.

Und so kommt es dass ich tagelang nichts von Ray höre, mich meiner Arbeit widme und abends unternehme ich das ein oder andere mit Claire. Wenn ich dann abends alleine im Bett liege, denke ich schon noch an ihn, was er wohl treibt, wie es ihm geht, ob er überhaupt noch an mich denkt oder er sich wieder mit einer anderen vergnügt. Dann rede ich mir zu, dass ich auch irgendwann meinen Mr. Right treffe, das es nur noch eine Frage der Zeit sein kann.

Ray/Raymond

Die einsamen Stunden werden zu Tage, aus Tage werden Wochen und aus Wochen werden Monate. Ich verstecke mich immer mehr hinter meiner Arbeit und versuche nicht weiter an Hannah zu denken. Und nein ich habe doch nicht mit ihr geredet auch wenn jeder mir das sagt. Ihre Augen verfolgen mich im Schlaf. Dieser Blick und auch dieser Ausdruck in ihrem Gesicht gehen mir nicht mehr aus dem Kopf, warum sollte ich ihr sagen was ich fühle, sie hat mir an dem Abend klipp und klar gesagt, dass sie nicht mit mir zusammen sein will, dass ich sie in Ruhe lassen soll. Ihre Entscheidung muss ich notgedrungen akzeptieren, ob es mir gefällt oder nicht. Auch Claire hat mir damals unmissverständlich klar gemacht, was sie mit meinen Eiern macht wenn ich Hannah weh tue. Nicht dass ich Angst vor Claire habe aber wir wissen alle welchen Einfluss Freunde haben können wenn es um die betrogene beste Freundin geht.

Also verbringe ich meine Tage aber auch meine Abende in der Kanzlei. Ich wälze Akten und überlege mir Strategien wie ich meine Klienten aus ihrer misslichen Lage befreien kann und verdränge meine. Ich gewinne Fälle, an die sich keiner ran traut und so auch wieder neue, für die ich meine Nächte um die Ohren schlage. So langsam werde ich wie mein Vater. Auch das ist mir bewusst, ich habe ihn damals dafür gehasst, dass er bis spät in die Nacht gearbeitet hat, meine Mutter daheim alleine war und als sie starb kam er einfach gar nicht mehr nach Hause. Aber auch ich habe mittlerweile eine Couch in meinem Büro, auf der ich einige Stunden schlafe bevor ich mich dann wieder an die Arbeit mache. Ich bin nur noch zum Duschen und Klamottenwechsel zu Hause, weil auch da mich alles an Hannah erinnert. Die Wohnung ist so leer und vor allem zu ruhig. Mir fehlt ihre Unordnung, ihr Chaos und vor allem fehlt mir ihr Lachen. Es nützt nichts, ich muss sie vergessen und das geht am besten mit Arbeit, viel Arbeit.

Hannah

So langsam fange ich wieder an zu leben. Ich bin glücklich und zufrieden mit meiner Arbeit. Die Kanzlei ist vielleicht klein aber trotzdem haben wir genug zu tun. Meine Mitarbeiter sind alles sehr nett, einmal in der Woche haben wir ein Briefing ansonsten kann jeder gut für sich in seinem Büro in Ruhe arbeiten. Man trifft sich mal zufällig in der Küche bei einem Kaffee, redet über belangloses oder auch mal über einen Fall. Jeder ist sehr hilfsbereit aber irgendwie entstehen keine Freundschaften, das war bei Coopers anders.

Umso mehr freue ich mich jedes Mal wieder aufs Neue wenn ich mich mit meinen Freuden im Club treffen kann. Mittlerweil machen wir das an jedem Freitag, da ist es nicht so voll in der Fabrik wie an den Samstagen. Wir lachen und tanzen bis uns die Füße weh tun und gehen dann zu später Stunde wieder nach Hause. Samstags verbringe ich dann meine Vormittage im Bett und nachmittags bin ich meistens mit Claire unterwegs, wir bummeln dann durch die Stadt oder setzen uns in ein Cafe. Einmal in Monat fahre ich samstags zu meinen Eltern, sie haben die Nachricht ziemlich gut aufgenommen auch wenn Mom es schade findet auf so einen, wie hat sie es genannt sexy Schwiegersohn in spe, verzichten zu müssen.

Mein Leben scheint wieder in der richtigen Bahn zu laufen auch wenn ich mich immer noch bei dem Gedanken an Ray ertappe. Auch in der Fabrik schaue ich manchmal immer noch zur Tür, in der Hoffnung ihn zu sehen. Meine Sonntage verbringe ich meistens zu Hause, den ganzen Tag im Schlafanzug mit einem guten Buch in meiner Leserecke oder ich ziehe mir eine Schnulze rein, bei der Claire immer das Weite sucht. Manchmal besuche ich auch Mr. Cooper. Sein Zustand verschlechtert sich und Carole meinte neulich ich sollte mich auf das Schlimmste gefasst machen. Aber auch diesen Gedanken versuche ich zu verdrängen.

Ray

Ich bin wieder in einen schwierigen Fall vertieft, als mein Handy auf dem Tisch vibriert. Ich lege es in meine Schublade, ich habe jetzt keine Zeit nach zu schauen wer mich da anruft. Es kann nur Pete sein, der sich wieder mal mit mir für eine Sauftour verabreden möchte. Aber auch auf Pete habe ich keine Lust. Ich bin nicht mehr der alte Ray, die um die Häuser zieht, mit den Geldscheinen um sich wirft und sich irgend eine x beliebige Frau krallt um sie dann auf der Toilette oder in einem schäbigen Hinterhof zu vögeln.

Ich widme mich also wieder der Akte, doch dann klopft es an der Tür.

„Hatte ich nicht gesagt, dass ich nicht gestört werden will?" fahre ich meine Sekretärin an.

Sie zuckt leicht zusammen, mein Ton war wohl doch etwas zu barsch, was mir in diesem Moment bewusst wird.

„Es tut mir Leid, Sir aber da ist ein wichtiges Telefonat für sie, da sollten sie ran gehen", antwortet sie mir.

„Danke Susan, und entschuldigen sie, ich wollte sie nicht derart anfahren, es ist nur dieser Fall kostet mir den letzten Nerv", versuche ich sie zu besänftigen.

„Kein Problem aber sie sollten jetzt wirklich ans Telefon. Es ist Carole, ihre Stiefmutter, sie hat schon mehrmals versucht sie zu erreichen". Und dann schließt sie die Tür hinter sich.
Panik kommt in mir auf. Carole ruft mich nie an. Es muss etwas passiert sein. Ich reiße die Schublade auf, hole mein Handy raus und

sehe dann, dass ich zwölf Anrufe in Abwesenheit erhalten habe. Ich wähle ihre Nummer. Mein Herz klopft bis zum Hals. Es klingelt. Geh ran Carole, na mach schon.

„Ray du musst ins Krankenhaus kommen!" sagt sie ohne Begrüßung. „Bitte Ray komm schnell, dein Vater....".

Sie braucht nichts mehr zu sagen, ich springe aus meinem Stuhl, greife mir meine Jacke und eile aus dem Büro. „Susan, sagen sie alle meine Termine für heute und morgen ab", rufe ich meiner Sekretärin noch hinterher. Und schon bin ich beim Auto. Fahre wie wild geworden zum Krankenhaus. Das Auto stelle ich irgendwo schnell ab und renne dann durch die leeren Flure zum Zimmer meines Vaters.

Carole steht davor, ihre Augen rot und geschwollen vom Weinen. Als sie mich entdeckt, läuft sie mir entgegen und fällt mir in die Arme. Sie schluchzt und weint, ihr Körper zittert und bebt, kurz drücke ich sie an mich und dann schiebe ich sie sanft von mir weg und schaue ihr in die Augen. „Er ist tot." Diese Worte erreichen mich wie in Trance. Ich gehe an Carole vorbei in das Zimmer. Kein Piepen mehr von der Maschine, die noch vor einigen Tagen an meinen Vater angeschlossen war als ich ihn besucht habe. Das Bett ist leer.

„Sie haben ihn bereits nach unten gebracht", höre ich noch einen Krankenschwester neben mir sagen. „Es tut mir Leid, Sir, ihr Vater war ein sehr netter Mann, mein aufrichtiges Beileid". Ich kann nur nicken, bin nicht fähig zu sprechen. Fahrig fahre ich durch mein Haar. Mein Vater ist tot. Er ist tot. Als ich wieder in den Flur zurück kehre, sitzt Carole vor dem Zimmer in einem Stuhl, sie weint. Ich setze mich neben sie, hole ihre Hand in die meine. Tränen bahnen sich ihren Weg und laufen mir die Wangen runter. So sitzen wir beide da, die Hände ineinander gefaltet, weinend, still.

Hannah

Als mich die Nachricht erreicht, trifft es mich wie einen Schlag. Mr Cooper ist vor zwei Tagen gestorben. Es muss für ihn ohne Schmerzen verlaufen sein, laut Aussage der Krankenschwester ist er friedlich eingeschlafen. Ich bedanke mich für die Auskunft bei der Krankenschwester und muss mich erst mal hinsetzen. Die ersten Tränen lösen sich und laufen mir die Wangen runter, ich fange an zu schniefen und das wiederum führt dazu, dass Claire sich in meinem Türrahmen zeigt.

„Hey Süße was ist denn los? Warum weinst du?"

„Mr. Cooper ist tot, er ist vorgestern friedlich eingeschlafen, das Krankenhaus hat mich gerade angerufen".

„Das tut mir Leid. Ich weiß wie sehr du ihn gemocht hast. Kann ich irgendetwas für dich tun?", fragt sie mich und drückt mich an sich. Dankbar nehme ich ihre Umarmung an und wir verweilen noch eine Zeitlang in dieser Position.

„Er war ein guter Mann, wenn auch sehr streng und manchmal angsteinflößend aber trotzdem hatte er sein Herz auf dem richtigen Fleck. Ich habe ihn sehr gemocht. Könntest du mich auf die Beerdigung begleiten, ich möchte ihm doch gerne die letzte Ehre erweisen."

„Natürlich begleite ich dich."

„Wie es wohl Ray und Carole geht, die beiden tun mir Leid. Ray hatte sich gerade erst wieder mit seinem Vater und Carole versöhnt, er wird am Boden zerstört sein."

„Es ist immer schwer einen geliebten Menschen zu verlieren aber sie haben immer noch einander. Sie werden sich gegenseitig stützen und für einander da sein. Hattest du mir nicht gesagt, dass sein Vater bereits alles vor seinem Tod geklärt hatte?"

„Ja hat er, er wollte nicht dass Carole sich um alles kümmern muss. Er war immer schon sehr organisiert und vorausschauend in solchen Dingen." Ich wische mir die Tränen aus dem Gesicht, stehe auf und wir verlassen beide mein Schlafzimmer. Noch immer etwas traurig, schnappe ich mir meine Handtasche und meine Jacke und mach mich auf den Weg zur Arbeit.

Den ganzen Tag über bin ich unkonzentriert, gut dass ich keinen Kunden habe. Immer wieder schweifen meine Gedanken zu Ray. Wie es ihm wohl geht? Ob er mit der Situation klar kommt? Ich greife öfters zu meinem Handy um ihn anzurufen um es dann aber wieder zur Seite zu legen. Wir haben seit Wochen keinen Kontakt. Ich bin bestimmt die Letzte mit der er jetzt reden möchte. Reiß dich zusammen Hannah, sage ich mir, er braucht dein Mitleid nicht.

Genervt lege ich mein Handy weg und versuche mich auf meine Arbeit zu konzentrieren. Aber es nützt nichts, ich muss den Satz vor mir immer und immer wieder lesen und trotzdem weiß ich nicht was da genau steht. Auch in der Küche kann ich mich nicht auf andere Gedanken bringen, ich hatte gehofft auf jemanden aus der Kanzlei zu treffen, etwas Smalltalk würde mir jetzt gut tun aber nein alles hocken sie in ihren Büros und sind schwer beschäftigt. Ich mache mir einen Kaffee um ihn dann doch wieder in der Spüle auszukippen. Also tappe ich wieder in mein Büro, auf meinem Tisch stapeln sich die Akten, der Laptop gibt brummende Töne von sich, sichtlich genervt, schiebe ich die Akten aufeinander, verstaue sie in meinen Schrank, fahre den Laptop runter und verlasse mein Büro mit der Ausrede morgen das Doppelte zu schaffen.

Ray

Ich weiß nicht genau wie lange wir im Flur sitzen aber irgendwann spricht uns eine Krankenschwester an und meint wir sollen doch nach Hause fahren wir können hier nichts mehr tun. Carole schaut mich an, ich erhebe mich, gehe zu ihr rüber und helfe ihr hoch.
„Komm ich bringe dich nach Hause." Carole nickt nur, sie wirkt erschöpft und ist dankbar dass ich sie stütze auf dem Weg zum Auto.

In der Villa angekommen, in der Dad und Carole lebten, bringe ich Carole noch rein. Sie hängt ihren Mantel in die Garderobe und bittet mich noch auf einen Kaffee rein. Es ist so still in der Villa. Beide sitzen wir in der Küche am Tisch, meine Hand umklammert meine Tasse. Carole räuspert sich: „ Dein Dad war sehr stolz auf dich, Ray. Es hat ihn glücklich gemacht, dass ihr jetzt noch zu einander gefunden habt. Er war stolz darauf, dir seine Firma zu übergeben, er wusste, dass er sie in gute Hände abgibt. Er konnte nie mit dir über seine Gefühle reden aber glaube mir hier hat er ständig von dir gesprochen, er hat dich geliebt." Meine Augen füllen sich mit Tränen, der Kaffee in meiner Tasse ist verschwommen, die ersten Tränen kullern dann auch schon die Wangen runter. Carole nimmt meine Hand und zwingt mich somit sie anzuschauen. „ Er hat dich geliebt und auch ich liebe dich wie einen Sohn, Ray die Tür steht hier immer auf für dich. Ich weiß ich kann dir deine Mutter nicht ersetzen und das will ich auch nicht aber wir haben beide einen geliebten Menschen verloren und das verbindet uns. Ich hoffe ich bin weiterhin

Teil deines Lebens, ich würde mich auf jeden Fall freuen wenn es so wäre." Ich kann nur nicken, eine Zeit lang sitzen wir noch still am Tisch und dann erhebe ich mich, drücke Carole einen Kuss auf den Scheitel und krächze ein Danke, zu mehr schaffe ich es im Moment nicht. Wie in Trance fahre ich dann nach Hause. Auch dort ist es mucksmäuschenstill. Diese Stille bringt mich noch um meinen Verstand. Ich schenke mir einen Whisky ein und proste auf meinen alten Herrn. Es kommt mir jetzt blöd vor, dass ich ihn all die Jahre ignoriert habe, so viele Jahre sind vergangen auf die ich so sauer auf ihn war aber warum eigentlich? Das kommt mir jetzt alles belanglos vor. Kostbare Jahre habe ich vergeudet, nur weil ich zu stolz war den ersten Schritt zu machen, ich habe mich benommen wie ein kleines Kind.

Und jetzt ist er tot. Gott sei Dank konnten wir in den letzten Wochen einiges klären und haben uns aussprechen können aber die verlorene Zeit, gibt uns niemand zurück. Das alles gibt mir zu denken. Ich sitze mit dem Whisky in der Hand auf meiner Couch, es ist dunkel und still. Ich höre nur meine Gedanken im Kopf, ich muss an meine Kindheit denken, an meine Mom und auch an meinen Dad, den ich eigentlich bis auf vor einigen Monaten nicht wirklich gekannt habe. Ich versinke in Selbstmitleid und der Verlust meines Vaters wird mir erst richtig bewusst. Carole hat Recht, es bleiben nur noch wir beide, auch sie habe ich in den letzten Monaten in mein Herz geschlossen. Ich respektiere Carole und ich rechne es ihr hoch an, dass sie immer für meinen Dad da war. Auch sie ist jetzt alleine, auch sie hat ihren Mann verloren, den sie über alles geliebt hat. Ich nehme mir fest vor Carole in den nächsten Tagen noch mal zu besuchen.

Es stimmt sie ist nicht meine Mom aber was spricht dagegen sie an meinem Leben teilnehmen zu lassen. Sie ist noch die einzige Familie, die ich habe. Oder?

Hannah

Als ich nach Hause komme ist keiner da. Ein Zettel liegt auf dem Tisch, Claire ist auf einem Event, sie hat noch die Adresse mit drauf geschrieben falls ich nachkommen will aber ganz ehrlich ist es mir Recht alleine zu sein. Es ist mir nicht nach Feiern zu Mute. Der Tod von Mr. Cooper nimmt mich doch mehr mit als ich dachte. Ich versuche mich mit Hausarbeit und Wäsche abzulenken aber meine Gedanken kreisen weiterhin um Ray. Ich mache mir Sorgen um ihn, er hat doch sonst niemanden. Ich frage mich ständig wie es ihm wohl geht, er wird am Boden zerstört sein aber wie ich ihn kenne, frisst er alles in sich rein und lässt sich nicht anmerken dass der Verlust seines Vaters ihn trifft. Ich hadere mit mir, soll ich ihn anrufen oder nicht. Wieder greife ich zu meinem Telefon aber ich kann es nicht.

Ray

Ich wache auf und fühle mich etwas desorientiert. Ich sitze immer noch auf der Couch, in meinem Anzug von gestern, immer noch das Whiskyglas in der Hand, die Flasche steht vor mir auf dem Tisch, sie ist leer, ich muss sie wohl leer getrunken haben und dann eingeschlafen sein. Ich fühle mich als wäre ein LKW über mich gefahren, mein Nacken tut weh, meine Beine fühlen sich etwas taub an, eine fade pelzige Schicht liegt auf meiner Zunge und mein Kopf dröhnt. Was für eine Nacht wenn man es so nennen kann. Komm schon Ray, es muss noch so vieles erledigt werden, ermahne ich mich selber. Etwas wackelig stehe ich auf, schnappe mir die Flasche, entsorge sie in der Küche im Mülleimer, stelle das Glas in die Spülmaschine und mache mir einen Espresso aber auch dieser scheint seine Wirkung zu verfehlen. Im Kopf gehe ich schnell durch was ich alles zu erledigen habe, dann springe ich schnell unter die Dusche, ziehe mir frische Klamotten an. Ich rufe meiner Sekretärin an, dass ich die nächsten Tage nicht ins Büro komme aber der Betrieb normal weiter laufen soll. Und dann fahre ich zu Carole. Es scheint mir richtig sie in allem mit einzubeziehen, wir müssen eine Beerdigung planen auch wenn das meiste schon von meinem Vater in weiser Voraussicht organisiert wurde.

Den ganzen Tag bin ich bei Carole, zuerst schauen wir uns Dads Papiere an und dann erstellen wir eine Liste an Dingen, die noch gemacht werden muss. Es ist schön bei Carole auch wenn der Umstand es nicht ist. Aber ich kann verstehen warum Dad sie geliebt hat, sie ist ein sehr fürsorglicher, lieber Mensch. Sie ist aufmerksam und kann gut zuhören, natürlich reden wir auch über Hannah und wie die Sache geendet hat. Sie hat was Beruhigendes an sich. Dad und sie hatten scheinbar viele Freunde, das Telefon geht dauernd und jedes Mal findet sie die richtigen Worte, würgt niemanden ab und holt sich die nötige Zeit ihrem Gegenüber. Sie erzählt von Dad, schwelgt in Erinnerungen ohne dass es sich wie Klatsch anhört, gibt notwendige Anweisungen für die Beerdigung und das alles ohne überheblich oder gar arrogant zu sein. Sie ist ganz Carole, ruhig, freundlich immer ein offenes Ohr für jeden. Ich mag sie.

Als es draußen schon dunkel wird, sind wir auch soweit fertig mit den Vorbereitungen. Die Beerdigung findet am kommenden Mittwoch statt, die Todesanzeige geht morgen raus. Im Anschluss an die Beisetzung und die Trauerfeier findet der Leichenschmaus statt. Dafür haben wir in einem Restaurant einen Raum gemietet, der nur für Familie und enge Freunde gedacht ist. Um die Blumen und Dekoration, wenn man das so nennen kann, kümmert sich Carole und ich werde mich um einen Rede kümmern, das ist das Mindeste was ich für meinen Vater tun kann. Nachdem alles geklärt ist, verabschiede ich mich von Carole und fahre nach Hause. Aber dort angekommen, fällt mir die Decke auf den Kopf, es ist zu ruhig und die Gedanken kreisen in meinem Kopf. Kurzerhand schnappe ich mir meine Schlüssel und fahre in die nächstbeste Bar. Dort genehmige ich mir ein paar Bier in der Hoffnung auf andere Gedanken zu kommen aber wenn ich nicht an meinen Vater denke dann ist es Hannah, die immer wieder auftaucht. Resignierend fahre ich dann wieder nach Hause, ziehe mich aus und lege mich in mein Bett. Ich liege noch lange wach da, starre meine Decke an bis mir dann doch irgendwann die Augen zufallen.

Hannah

Heute ist die Beerdigung von Mr. Cooper. Claire begleitet mich wie abgemacht. Vor der Kirche ist schon die Hölle los. Ich wusste nicht, dass Mr. Cooper so beliebt oder bekannt war. Als wir die Treppen empor gehen, bleibt davor ein Auto stehen. Ray steigt aus, er kommt um das Auto rum, öffnet die Beifahrertür und hilft Carole auszusteigen. Sie hakt sich bei ihm unter und steigen zusammen die Treppen der Kirche hoch. Er trägt einen schwarzen Anzug, ein weißes Hemd mit einer schwarzen Krawatte und schwarze italienische Schuhe. Würde es hier nicht um eine Beisetzung gehen, würde ich sagen er sieht verdammt heiß aus.

Als er sich auf meine Augenhöhe befindet, guckt er kurz auf und ist merklich überrascht mich hier zu sehen. Er verharrt kurz und geht dann aber mit Carole in Schlepptau weiter. Müde sieht er aus, dunkle Ringe zeichnen sich unter seinen Augen. Man sieht ihm an, dass der Tod seines Vaters ihn doch sehr mitnimmt.

Der Pfarrer gedenkt dem Verstorbenen, segnet ihn und das übliche

Prozedere nimmt seinen Lauf. Doch dann tritt Ray an das Rednerpult, er räuspert sich. Er redet über seinen Vater, eine Art Lebenslauf doch dann folgt eine herzergreifende Rede, einen persönlichen Abschiedsbrief, der kein Auge trocken lässt, ein Raunen geht durch die Bänke, einige schluchzen auf, andere putzen sich die Nase. Auch an mir geht die Rede nicht spurlos vorbei. Tränen laufen mir die Backen runter, ein kalter Schauer läuft mir den Rücken runter, Claire neben mir ergreift meine Hand und so verweilen wir bis der Gottesdienst zu Ende ist. Leute kondolieren und verabschieden sich von Ray und Carole, auch ich und Claire stehen in der Schlange um unser Beileid ausdrücken zu können. Claire ist als erste dran, drückt erst Carole dann Ray ihre Anteilnahme aus und stellt sich etwas weiter abseits des Geschehens um auf mich zu warten. Als Carole mich sieht, zieht sie mich an sich und haucht mir einen Kuss auf meine Wange.

„Es tut mir so Leid", sage ich ihr. Sie legt mir ihre Hand auf die Wange, schaut mir in die Augen und sagt: „ Das muss es nicht Liebes, es geht ihm nun besser da wo er jetzt ist. Er hat dich sehr gern gehabt auch wenn er dir das nicht sagen konnte. Aber unter seiner rauen Schale, hatte er das Herz auf dem richtigen Fleck. Du warst wie eine Tochter für ihn und ich glaube deshalb war er manchmal so streng zu dir. Er wusste was in dir steckt. Ich hoffe wir sehen uns nachher, dann können wir besser mit einander reden." Ein letztes Mal drückt sie mich an sich und widmet sich dem nächsten hinter mir und ich stehe vor Ray.

Ray

Ich habe gehofft, dass Hannah kommt. Und jetzt steht sie vor mir und schaut mich mit ihren großen braunen Augen an. Sie hat geweint, das sieht man ihr an aber ihrer Schönheit schadet es nicht, ganz im Gegenteil, sie ist schöner den je. So gerne würde ich sie in den Arm nehmen und ihr sagen alles wird wieder gut aber hier ist nicht der richtige Ort um dies zu tun. Ich ergreife ihre Hand, die sie mir entgegenstreckt und gebe ihr rechts und links einen Kuss auf die

Wange. Sie duftet so gut. Kurz verweilen wir in dieser Position. Ihre Augen sind geschlossen und als sie sie wieder aufmacht, ist es wie ein Blitzschlag, ich liebe diese Frau und werde um sie kämpfen. Nicht jetzt, nicht heute aber ich werde sie nicht einfach so aufgeben. Ich bedanke mich bei ihr für ihre Anteilnahme und auch ich bitte sie nachher zum Restaurant zu kommen. Ein letztes Mal schaut sie mich nochmal an und geht dann weiter. An der Ecke steht Claire, die auf sie wartet aber kurz bevor sie Claire erreicht, dreht sie sich noch mal um und sieht mich direkt an. Auch sie muss gespürt haben, dass unsere Geschichte noch nicht zu Ende ist. Dann steht schon der nächste vor mir und ehe ich mich, versehe ist Hannah auch schon in der Menschenmenge verschwunden.

Hannah

„Geht es dir gut? Du bist so still seit der Beerdigung", fragt Claire mich als wir wieder im Auto sitzen.

„Ganz ehrlich, ich weiß es nicht. Ich dachte ich könnte das, ich dachte, ich könnte Ray unter die Augen treten und so tun als wäre alles in bester Ordnung. Ich glaube ich habe mir die ganze Zeit selber nur eingeredet, dass ich ihn nicht mehr liebe, dass ich ihn nicht brauche aber weißt du was Claire ich liebe ihn. Und vorhin als er mich kurz an sich gezogen hat, hatte ich kurz das Gefühl ihm ginge es genau so."

„Natürlich liebst du ihn", antwortet mir Claire trocken. Ich schaue sie von der Seite aus an, sie hat beide Hände am Steuer, guckt gerade aus auf die Straße und sagt mir nichts dir nichts *natürlich liebst du ihn*. Und dann ist es als würden alle Dämme brechen, ich lache und weine gleichzeitig, ich muss so viel lachen, dass ich mir den Bauch halte. Kurz schaut Claire zu mir rüber und kann es nicht mehr halten, sie prustet los. Wir haben einen Lachanfall und das auf dem Weg zum Leichenschmaus. Der Zeitpunkt könnte nicht ungünstiger sein.

Nachdem wir uns wieder gefangen haben, wendet Claire sich an mich und sagt: „Nur du entscheidest ob er der Mr. Right ist. Hör auf dein Herz und egal welche Zweifel kommen oder egal was passiert ist, wenn du der Meinung bist er der Richtige, dann rede mit ihm ok?" Zur Bestätigung drückt sie noch mal meine Hand, während sie mit der anderen immer noch das Auto lenkt. „Aber eins verspreche ich dir Hannah tut der Kerl dir noch einmal Weh, ramme ich ihm so was von mein Knie in die Eier...", fügt sie lachend hinzu. Auch ich muss nach dieser Aussage lachen aber Claire hat Recht, so kann es nicht weiter gehen, ich muss mit ihm reden. Ich drücke ihr einen Kuss auf die Wange und sage: „Danke Claire, du bist die beste Freundin, die man sich wünschen kann." Claire hebt nur kurz die Schultern und fügt beiläufig hinzu: „ ich weiß".

Ray

So viele Leute stehen hier im Restaurant, die meinem Vater die letzte Ehre erweisen wollen. Dieses Mal wendet sich Carole an die Gäste und spricht einige Worte über meinen Vater. Sie erzählt wie sie sich kennen und lieben gelernt haben, über die Krankheit und die schwere Zeit, die damit verbunden war aber auch wie sehr sie sich geliebt haben. Auch über ihre Pläne, die beide Mal geschmiedet haben bevor sie von der Krankheit wussten. Dabei hat sie einen weichen Gesichtszug, es ist jeden klar hier wie sehr sie meinen Vater geliebt hat und wie sehr er ihr fehlt. Es ist eine kleine Rede, sie bedankt sich noch mal für die Anteilnahmen und Beileidskarten und bittet dann jeden sich am Büffet zu bedienen. Ich gehe zu ihr rüber und hole sie kurz in den Arm und hauche ihr einen Kuss auf die Wange. Sie schließt kurz dankend die Augen. Und dann teilen wir uns auf um mit den Leuten zu reden, die Dad ein letztes Mal ehren.

Ich ertappe mich, wie ich immer wieder nach ihr Ausschau halte aber sie ist nirgendwo zu sehen. Doch dann als ich mit einem Arbeitskollegen meines Vaters rede, sehe ich wie sie zur Tür rein kommt, etwas schüchtern aber trotzdem bestimmt. Claire ist an ihrer

Seite. Auch sie schaut sich um. Ihre Blicke schweifen über die Gäste, ich entschuldige mich bei meinem Gesprächspartner und gehe in ihre Richtung. Dann sieht sie mich. Ihre Augen finden meine. Auch sie kommt auf mich zu. Alles um uns verblasst, die Stimmen und das Klirren des Bestecks, die Leute, höre und sehe ich nicht mehr. Es gibt nur noch sie. In der Mitte des Saals kommen wir zusammen, so nah dass sich unsere Schuhspitzen berühren aber eine gewisse Distanz ist zwischen uns. Unsere Blicke verharren, keiner sagt was. Sie ist so wunderschön.

Ich räuspere mich: „Danke dass du gekommen bist. Das bedeutet mir sehr viel. Mein Vater hat viel von dir gehalten. Es hätte ihn gefreut, dich hier zu sehen." Sie schaut mich etwas perplex an und fängt sich aber wieder schnell. Erst dann wird mir Bewusst was für eine Scheiße ich da labbere. Sie hat sichtlich mit was anderem gerechnet.

„Ich habe ihn sehr gemocht, deinen Vater und habe ihm auch viel zu verdanken. Das ist das mindeste was ich für ihn tun kann".

Noch eher ich was sagen kann und mich für mein Verhalten entschuldigen kann, werde ich von einem Kellner angesprochen. Es gibt wohl ein Problem mit dem Catering. Ich schaue Hannah an und sie sagt:" Geh nur, wir reden ein anderes Mal."

„Es tut mir Leid", sind die einzigen Worte die dann noch sage und schon folge ich dem Kellner. Das ist das letzte Mal an diesem Abend, dass ich sie gesehen habe.

Hannah

Nachdem Ray in die Küche verschwunden ist, bin ich noch mal kurz zu Carole. Wir wechseln noch einige Worte mit dem Versprechen in Kontakt zu bleiben aber Rays Verhalten von vorhin geht mir nicht aus dem Kopf. Habe ich denn so falsch gelegen vorhin in der Kirche, ich dachte ich hätte noch ein Knistern gespürt und dann komme ich hierhin und er redet fast förmlich über seinen Vater. Gut es ist eine Beerdigung aber irgendwie bin ich davon ausgegangen, dass wir miteinander reden können. Komisch.

Claire und ich bleiben anstandshalber noch einige Minuten und verabschieden uns dann von Carole. Auf dem Nachhauseweg erzähle ich Claire was mir vorhin passiert ist und dass ich scheinbar nur so ein Kribbeln gespürt habe. Er scheint doch mit uns abgeschlossen zu haben und hat sich aus reiner Höflichkeit bedankt für mein Erscheinen und meine Anteilnahme.

Zu Hause angekommen setzen wir uns noch kurz in die Küche, jeder ein Glas Wasser in der Hand.

„Ich weiß nicht Hannah, ich habe doch gesehen wie er dich angeschaut hat, da war mehr als nur Höflichkeit".

„Und warum hat er dann nichts gesagt? Warum redet er davon wie sehr sein Vater mich geschätzt hat? Er hat vorhin nicht den Eindruck gemacht als wolle er noch mal mit mir über uns reden." Schmollend füge ich noch hinzu: „ und ich doofe Kuh habe mir noch Hoffnungen gemacht, nur weil er mir mal tief in die Augen geschaut hat, pah das wird mir nicht noch mal passieren."

„Aber Hannah.."

„Nichts aber Hannah, bist du jetzt auf seiner Seite oder was?" „Ich dachte du magst ihn nicht mal", füge ich noch hinzu. Sauer über mich selbst, stehe ich auf und kippe mein Wasser in die Spüle und verlasse die Küche.

„Hannah, jetzt warte doch mal, jetzt renn doch nicht weg!" höre ich Claire noch hinter mir her rufen. Aber schon bin ich in meinem Zimmer, schließe die Tür hinter mehr und werfe mich auf mein Bett.

Was bin ich nur für ein Idiot? Habe ich wirklich gedacht Ray würde heute mit mir reden wollen? Wenn er es wirklich gewollt hätte, hätte er schon früher eine Lösung gefunden, hat er aber nicht und am Tag der Beerdigung sowieso nicht. Ich bin mal wieder auf ihn reingefallen auf sein Getue. Wütend schlage ich auf mein Bett aber auch das hilft nicht gegen die Wut die ich in mir habe. Irgendwann schlafe ich dann weinend ein.

Ray

Das Restaurant leert sich zunehmend. Noch eine Handvoll sitzt an einem Tisch und schwelgt in der Erinnerung an meinen Vater. Sie erzählen sich Anekdoten, Geschichten und Fälle vor Gericht in der mein Vater als Held da steht. Carole hat sich zu ihnen gesetzt und hört zu aber ich kann das nicht. Ich gehe an den Tisch verabschiede mich von den Herren und versichere Carole mich in den nächsten Tagen zu melden. Sie tätschelt mir liebevoll die Wange und lässt mich gehen.

Draußen reiße ich mir förmlich die Krawatte vom Hals. Ich bekomme buchstäblich keine Luft mehr, jetzt scheint es erst real zu werden, mein Vater ist tot.

Das alles zerrt an meinen Nerven, mehr als ich dachte. Aber auch Hannah, die spurlos verschwunden ist als ich wieder aus der Küche kam. Ich hatte mir zu Recht gelegt was ich ihr sage, wollte mich entschuldigen, wollte es wieder gerade biegen aber Hannah hat die Beerdigung frühzeitig verlassen, hat Carole mir berichtet.

Ich gehe zu Fuß nach Hause, brauche frische Luft um wieder klar zu denken Ab er es nützt alles nichts, mein Gehirn rattert und allem Anschein nach hat es nicht vor damit aufzuhören. Es ist zum Haare raufen. Immer wieder spiele ich die Szene in meinem Kopf durch wie sie mir die Hand reicht vor der Kirche, diese Augen, dieses Knistern und dann später im Restaurant sehe ich vor mir wie sie auf mich zu kommt... ich bin so ein Idiot!

Hannah

Es klopft an meiner Zimmertür. „Geh weg, ich möchte alleine sein"

„ Hannah da ist jemand im Wohnzimmer, der mit dir reden möchte."

„ Wer immer es auch ist, sag er soll morgen oder an einem anderen Tag wieder kommen, ich möchte jetzt niemanden sehen, ich will alleine sein".
„Ich bin mir ziemlich sicher, dass du mit dieser Person reden willst…"

„Hannah, können wir reden?" das ist nicht Claires Stimme. Ich drehe mich um, um sicher zu gehen dass ich nicht träume. Im Türrahmen steht niemand anderes als Ray. Claire steht hinter ihm mit einem Lächeln im Gesicht. „Ich lasse euch dann mal alleine", sagt sie und macht kehrt.

Oh mein Gott ich sehe bestimmt schrecklich aus, verheult und verschlafen. Rasch fahre ich mir mit dem Ärmel über die Augen, Ray steht immer noch da wie ein begossener Pudel.

„Kann ich rein kommen?" fragt er etwas unsicher

Er muss direkt von der Beerdigung kommen, er trägt immer noch den Anzug. Er sieht müde aus, bedrückt.

Langsam kommt er auf mich zu und setzt sich neben mich auf mein Bett. Seine Hände im Schoss. Sein Kopf ist gesenkt.

„Hannah, es tut mir Leid". Und dann kommt nichts.

„Ist das alles, bist du den ganzen Weg hier her gekommen nur um mir zu sagen, dass es dir Leid tut?. Was tut dir Leid? Tut es dir Leid, dass du mich betrogen hast? Tut es dir Leid, dass du mit mir gespielt hast? Tut es dir Leid, dass du bei unserem ersten Streit, Trost bei einer anderen Frau gesucht hast an statt mit mir zu reden? Tut es dir Leid, dass du Mark geschlagen hast, ohne Grund?" Ich rede mich in Rage. „ Was Ray, was tut dir Leid?"

Mittlerweile bin ich aufgestanden, bin den Händen in den Hüften gehe ich vor Ray hin und her. Er sitzt immer noch wie ein Häufchen Elend auf dem Bett. Doch dann steht er auf, nimmt meine Hände in seine, hebt seinen Kopf und dann sehe ich es. Ich sehe den Schmerz in seinen Augen.
Das kann nicht gespielt sein.

„All das tut mir Leid, Hannah. Ich wollte das alles nicht. Wir hatten Streit, du bist weggerannt, dann der Alkohol und dann war diese Frau… Ich weiß das alles ist keine Entschuldigung aber bitte Hannah hör mich an. Nur dieses Mal bitte hör dir an was ich dir zu sagen habe und dann gehe ich und du siehst mich nie wieder".

Ich nicke.

Ray

Das hier ist meine letzte Chance wenn ich es Hannah nicht verlieren möchte. Wir stehen noch immer in ihrem Zimmer, ich halte ihre Hände und bettele förmlich darum dass sie mich anhört. Ihre Wangen sind gerötet vor Wut, ihre Augen geschwollen vom Weinen und quer über ihrem Gesicht verläuft eine Druckstelle, die sie sich wohl beim Schlafen zugezogen hat. Ihre Haare sind zerzaust, wie gerne würde ich sie glatt streichen, wie gerne würde ich ihr über ihr schönes Gesicht fahren und wie gerne würde ich sie küssen auf ihre weichen schmollenden Lippen.

Ich ziehe sie wieder neben mich ans Bett. Wir setzen uns beide an den Rand, ich halte immer noch ihre Hände und sie sieht mich fast auffordernd an. Ich atme tief ein und sage dann:

„Hannah, als ich dich das erste Mal gesehen habe, wusste ich sofort du bist die Richtige. Ich habe dich vom ersten Moment an geliebt. Als wir da auf dieser Tanzfläche standen, Arm in Arm, wir uns geküsst haben, war es direkt um mich geschehen. Dann warst du plötzlich weg, ohne Nummer oder Nachnamen aber ich wusste ich muss dich suchen und finden. Das habe ich dann auch. Als du dich dann bei deinen Eltern bereit erklärt hast mit mir zu gehen, hast du mich zum glücklichsten Mann gemacht. Wir haben diese wunderschönen Tage miteinander verbracht. Jedes Date war einzigartig, bei jedem Date, hatte ich das Gefühl angekommen zu sein, ich habe mich zu Hause gefühlt.

Wir haben jede freie Minute miteinander verbraucht, ich habe es so genossen dich in meiner Nähe zu haben, sogar dein Chaos in meiner Wohnung war mir egal, Hauptsache du warst da. Ich habe mich Hals über Kopf in dich verliebt, war nicht auf der Suche, ja ich weiß mein Ruf als Frauenheld ist mir voraus aber Hannah bei dir ist es anders. Ich will nur dich. Ich will jede Minute bei dir sein, ich will deine Zahnbürste in meinem Bad, will deine Klamotten auf meinem Fussboden, will dein leeres Glas auf meinem Couchtisch."

„Ray.."

„Nein lass mich ausreden. Dann hatten wir Streit, du bist weggerannt und ich kam mit der Situation nicht klar, mir war plötzlich Bewusst, dass ich doch eigentlich derjenige bin der wegrennt Ich war total überfordert, bin dann in diese Bar, wollte mich eigentlich nur volllaufen lassen und dann kam diese Frau. Und ja was soll ich sagen, ich bin nicht stolz drauf was passiert ist. Aber ich konnte es dir nicht sagen, ich wusste wenn ich es dir sage dann hätte ich dich verloren, für immer. Wir haben uns versöhnt, mein Kopf wollte es dir sagen aber mein Herz konnte es nicht. Ich habe es nicht geschafft. Ich wollte es einfach nur vergessen weil ich mein Leben nur mit dir teilen möchte. Und dann habe ich dich gesehen mit Mark und dann ging es mit mir durch. Ich war so eifersüchtig, ihr habt diese Verbindung, er hat dich berührt, zu dem Zeitpunkt wusste ich ja noch nicht dass er schwul ist."

„Hannah, bitte verzeih mir. Ich kann es leider nicht ungeschehen machen aber wenn ich könnte, würde ich die Zeit noch mal zurückspulen. Ich kann mir mein Leben ohne dich nicht vorstellen, ich liebe dich."

Hannah

Er sitzt vor mir und sagt mir dass er mich liebt. Erklärt mir sein Verhalten, vermisst mich und meine Macken. Er sitzt da wie ein kleines Kind, das man beim Klauen erwischt hat. Bedrückt, traurig und reumütig.

Wie könnte ich diesen Mann nicht lieben. Wie könnte ich ihm nach dieser Ansprache nicht vergeben.

„Ich liebe dich auch du Idiot", sage ich schmunzelnd.

Er guckt etwas irritiert.

„Ja du hast richtig gehört, ich liebe dich auch". Zur Bestätigung drücke ich ihm einen sanften Kuss auf den Mund. Sichtlich erleichtert, erwidert er den Kuss, lässt meine Hände los und nimmt mich in den Arm.

Dann lässt er kurz los, schiebt mich von sich weg, schaut mir in die Augen und sagt: „ Es tut mir so unendlich Leid."

„Ich weiß, du hattest mich schon bei deinem Gerede über meine Zahnbürste in deinem Bad aber du warst ja nicht abzubringen von deinem Monolog…"

„Was? Na warte, dann lässt du mich so lange zappeln wie ein Fisch an der Angel und ich rede mir den Mund fusselig, na warte wenn ich dich erwische…", lachend greift er nach mir um mich zu kitzeln. Ich lache, schreie um Hilfe, flehe ihn an aufzuhören. Wie liegen beide lachend auf meinem Bett, ich liege quasi unter ihm, er streicht mir eine Strähne aus dem Gesicht, die sich nach unserem Gekitzele gelöst haben muss, sieht mir in die Augen und sagt: „Hannah ich will nur dich, du bist die Liebe meines Lebens, nur du zählst für mich."

Nach diesen Worten küsst er mich erst sanft, streicht mit dem Daumen über meine Wangen. In seinen Augen, die pure Liebe ausstrahlen ist aber auch noch mehr zu sehen. Ich kann sehen wie erleichtert er ist, wie glücklich er ist, dass ich ihm verziehen habe und natürlich kann ich sein Begehren sehen das ich übrigens auch auf meinem Bauch spüre.

Dem kann ich nachhelfen. Wir küssen uns, und da ist wieder dieses Gefühl was ich jedes Mal habe wenn ich ihn küsse. Meine Augen schließen sich dann automatisch, ich lasse mich komplett fallen. Die Küsse werden immer wilder, die Zungen finden sich, werden fordernder. Mittlerweile liegen wir nebeneinander in meinem Bett. Engumschlungen, seine Hände gehen auf Wanderschaft. Eine findet ihren Weg unter meinem Pullover, knetet meine Brust und die andere liegt in meinem Nacken.

Die Sehnsucht nach ihm spornt meine Lust noch mehr an. Ich öffne seine Hose, sein pralles Glied wartet bereits auf mich. Ich nehme ihn in die Hand, fahre mit dem Daumen über die nasse Spitze, er stöhnt auf. Ein Zeichen für mich weiter zu machen, ich liebe diesen Mann und ich liebe es wie er auf mich reagiert. Aber auch er kann nicht anders. Er hat mittlerweile meine Brust von dem BH befreit und spielt mit meinem Nippel. Er weiß dass er mich damit verrückt macht. Seine Technik die Nippel leicht zu kneifen zwischen Zeigefinger und Daumen, jagt mir jedes Mal eine Art Blitz in den Unterleib.

Wir reißen uns buchstäblich die Kleider vom Leib. Stehen uns splitterfasernackt entgegen. Kurz hält er inne und schaut sich genüsslich meinen Körper an. Sein Grinsen verrät, dass ihm gefällt was er sieht. Er kommt auf mich zu. Hebt mich hoch und legt mich aufs Bett. Küsst meinen Hals, dann mein Schlüsselbein, liebkost meine Brüste, leckt und knabbert an den Nippeln. Die Schmetterlinge fliegen wie wild in meinem Bauch. Mein Unterleib zieht sich zusammen und verlangt nach mehr.

Seine Finger streicheln meinen Bauch und bahnen sich ihren Weg frei. Automatisch spreize ich die Beine, seine Hand legt er auf meiner Scheide, sein Daumen fest auf die Spalte gedrückt, reibt an meiner empfindlichen Stelle. Ich schnappe nach Luft. Meine Hände vom Körper gestreckt, klammern sich an der Matratze fest. Ray schaut mir tief in die Augen und massiert weiterhin meine feuchte Mitte. Ich wage es nicht meine Augen zu schließen, ich möchte auch sein Verlangen in seinen Augen sehen. Er schaut mich an wie eine Raubkatze. Immer wieder schnappe ich nach Luft, stöhne von Verlangen und Lust. Und dann schiebt er seine Finger in mich rein, rein und wieder raus, wiederholt es mehrmals. Ich japse, ich stöhne und flehe ihn an mich zu erlösen. Kurz bevor ich drohe zu kommen, zieht Ray die Finger raus. Steigt auf mich drauf und schiebt sein erregtes, hartes Glied in mich und drück mich in die Matratze. Auf und ab bewegt er sich in mir, eine Welle der Lust überkommt mich, aber auch Ray atmet schneller, ein letzter Stoß, der Damm bricht. Beide scheinen wir die Strapazen der letzten Zeit mit diesem Akt verbannen zu wollten. Ray rollt sich von mir runter und legt sich neben mich, ich ziehe an der Decke, die unten bei den Füssen liegt und decke uns beide zu, eine Zeitlang schauen wir uns an ohne zu reden. Diese tiefe Liebe in unseren Augen sagt alles.

Ray

Ich bin so glücklich, ich kann es nicht in Worte fassen. Hier liege ich nun im Bett mit der Frau meiner Träume. Ich bin so froh, dass Hannah mich angehört hat und mir verziehen hat. Es ist mir klar, dass es noch einiges zu klären gibt aber der erste Stein ist gelegt. Sie liegt in meinen Armen, in meiner Armbeuge gekuschelt und schläft. Sie hat den Mund leicht geöffnet und gibt diese süßen Laute von sich, oh Gott wie habe ich das vermisst.

Nachdem „Versöhnungssex" haben wir noch geredet und uns darauf geeinigt, es jetzt langsamer angehen zu wollen. Wir haben uns auch gegenseitig versprochen, dass wir miteinander reden wenn was ist und nicht wegrennen oder gar was Unüberlegtes was wir später bereuen. Mir ist alles Recht, ich wusste es schon immer aber so richtig klar wurde es mir erst als sie mich verlassen hatte, ich liebe sie und lasse sie nicht mehr gehen komme was wolle. Ein letztes Mal schaue ich in ihr schlafendes Gesicht, ihre Lider flackern, sie scheint zu träumen, ich lege meinem Arm um sie und schlafe dann auch ich ein und es ist seit langem ein ruhiger, erholsamer Schlaf.

Hannah

Ich blinzele kurz als ich aufwache um mich zu überzeugen. Nein es war kein Traum, Ray ist hier und schläft tief und fest. Ich kuschele mich an ihn, an diese Augenblicke könnte ich mich gewönnen. Letzte Nacht war so schön und ich will sie nicht missen.

Wen ich ihn mir so ansehe, wie er da liegt, Haare zerzaust, sein Dreitagebart der ihn verwegener macht, sein sinnlicher Mund, seine geschlossenen Augen, die von langen Wimpern umkreist sind, für die manche Frau morden würden.

Das Laken bedeckt nur den Unterkörper. Zögernd fahre ich mit den Fingern über seinen nackten Oberkörper, will ihn nicht wecken aber ich kann dem Drang nicht widerstehen mit den Fingern den Linien der Bauchmuskeln zu folgen. Schon alleine durch das Berühren seiner Haut, flattern die Schmetterlinge in meinem Bauch wild umher. Ich streichele ihn, folge mit den Fingerspitzen dem Haarstreifen unter dem Bauchnabel, der unter der Decke verschwindet. Ihm scheint es auch zu gefallen, wenn ich das so beurteilen kann. Unter der besagten Decke, zeichnet sich eine Beule ab. Ich habe ich nicht mal gemerkt, dass Ray mittlerweile aufgewacht ist, doch er gibt mir einen Kuss auf meinen Scheitel und haucht mir einen guten morgen ins Ohr. Das Verlangen in dieser Stimme sorgt für eine Gänsehaut und eine Hitze erwacht in meinem Unterleib.

Ich schiebe die Decke von ihm, klettere auf ihn drauf. Wir sind so was von bereit den morgen gut zu starten. Es dauert nicht lange bis die erste Welle sich ankündigt, oh mein Gott, ich reite ihn so lange bis auch er kommt und ich erschöpft auf seine Brust sacke. Er nimmt mich fest in den Arm und wir bleiben noch eine Zeitlang so liegen. Dann wickele ich mich in das Laken und verschwinde schnell im Bad. Als ich wieder zurück komme, sitzt Ray mit Boxershorts und T-Shirt auf meinem Bett und wartet auf mich. Zusammen gehen wir dann in die Küche, wir brauchen beide dringend einen Kaffee.

Claire ist in der Küche und hantiert an der Kaffeemaschine, sie dreht sich kurz in unsere Richtung, grinst und fragt: „ Gehe ich Recht in der Annahme, dass ihr euch versöhnt habt, wenn man sich auf den Geräuschpegel der letzten Nacht bezieht?"

Mir steigt die Röte ins Gesicht, doch Ray schmunzelt nur und sagt: „ Ein wahrer Gentleman genießt und schweigt."

Ray

Wir sitzen noch eine Zeitlang zu dritt in der Küche am Tisch und trinken Kaffee. Claire heißt mich willkommen in der WG natürlich brauche ich nicht zu erwähnen dass sie mir unmissverständlich klar macht wenn ich Hannah noch ein Mal verarsche meine Eier definitiv in Mitleidenschaft gezogen werden und sich definitiv von der Welt verabschieden können. Ich versichere ihr, dass so was nie wieder passieren wird.

Hannah und Claire scheinen noch einiges bereden zu wollen also verabschiede ich mich kurzerhand, ich möchte noch nach Hause, duschen und mich umziehen um dann in der Kanzlei nach dem Rechten zu sehen. Hannah verspricht mir heute Abend auf mich zu warten.

Hannah und Ray
Sechs Monate später

Die Wohnungstür steht weit offen. Im Flur stehen viele Umzugskartons. Ich ziehe heute offiziell zu Ray aber seien wir mal ehrlich, ich bin eh schon seit Monaten jeden Tag bei ihm. Also warum nicht ganz.

Alle helfen sie, Claire, meine treue Mitbewohnerin, die zwar traurig ist, dass ich ausziehe aber insgeheim auch froh ist die Wohnung jetzt für sich zu haben. Pete, Rays Freund, den ich seit Ray ihn mir vorgestellt hat, ins Herz geschlossen habe. Man könnte meinen er wäre der typische Frauenheld, weil alles was eine Vagina hat wird angebaggert aber eigentlich spielt er diese Rolle nur weil er der Meinung ist, das wird insgeheim von ihm erwartet doch er wünscht sich nichts sehnlicher als eine Frau an seiner Seite.

Sogar Mark und Chris schleppen die Kartons. Ray hat sich bei beiden entschuldigt, er und Mark haben miteinander geredet und sich ausgesprochen und scheinen mittlerweile so was wie Freunde geworden zu sein. Carole hilft in Rays Wohnung die Kisten in Empfang zu nehmen und schon teils auszuräumen. Auch sie ist mittlerweile ein wichtiger Bestandteil unserer Familie wenn man es so nennen kann.

Mich freut es sie alle zusammen zu sehen, doch irgendwie verhält Ray sich heute komisch. Er ist so nervös, er ist ständig hinter den andern her sie sollen sich doch beeilen, bei jeder Kiste fragt er, ob die wirklich mit soll, warum ich denn so viele Kisten habe, so langsam geht er mir mit seiner Art auf die Nerven.

„Was ist denn heute bloß los mit dir? Warum scheuchst du uns alle so rum? Man könnte ja schon fast meinen, die hättest es dir anders überlegt mit dem Umzug?", frage ich ihn.

„Nichts ist los, gar nichts. Ich bin nur der Meinung das alles könnte schneller gehen aber wenn alles so läuft wie du es dir wünschst, dann versuche ich mich zu bremsen, es ist nur Carole hat für uns alle gekocht und ich möchte nicht, dass das Essen kalt wird oder sie zu lange auf uns warten muss."

„Carole hat Tomatensauce gemacht und die Spaghetti macht sie erst dann fertig wenn ich ihr schreibe, dass wir alle auf dem Weg sind", gucke ich ihn etwas überrascht an. „ Bist du sicher, dass es nur das Essen ist?"

„Klar, vergiß es, es tut mir Leid du hast Recht. Komm lass uns weiter machen"!, zur Bestätigung gibt er mir noch einen Kuss und schnappt sich die nächste Kiste und verschwindet aus der Tür.

Ich schaue zu Claire rüber, die hat das ganze aus der Küche aus beobachtet aber hebt nur die Schultern und packt weiter ein. Irgendwie werde ich das Gefühl nicht los, da ist was im Busch.

Nach einigen Stunden, schiebe ich den letzten Karton in den geliehenen Kleintransporter, gebe den anderen ein Zeichen sie sollen schon mal vor fahren, schreibe Carole eine Nachricht, dass wir auf dem Weg sind und gehe ein letztes Mal in meine Wohnung, mein Zimmer ist leer geräumt, ich drehe mich im Kreis und verabschiede mich und schließe ein letztes Mal die Tür hinter mir.

Rays Wohnungstür ist geschlossen als ich eintreffe, eigenartig. Der letzte muss sie wohl in Gedanken hinter sich geschlossen haben. Ich krame seinen Schlüssel aus meiner Hosentasche, sperre auf und es ist dunkel. Das ganze wird immer kurioser. Wo sind denn alle?

Ich hänge meine Jacke auf, lege Schlüssel in das dafür vorgesehene Fach und trete ins Wohnzimmer. Und da trifft mich fast der Schlag.

Überall stehen Kerzen, das Licht ist gedimmt, der Tisch ist gedeckt aber nur für zwei Personen. In der Mitte steht eine Vase mit weißen Rosen, wie ich sie am liebsten mag, ich bin sprachlos. Doch dann tritt Ray ins Esszimmer, er trägt einen Anzug, er sieht so sexy aus. Er kommt auf mich zu, ich fasse mich ans Herz, ich bin überwältigt von alledem. Er stellt sich vor mich hin, nimmt meine Hände in die seine.

„Ray was ist hier los? Wo sind die anderen?", frage ich ihn verwirrt.

Kurz legt er mir seinen Zeigefinger auf den Mund damit ich still sein soll und legt dann los:

„Hannah ich liebe dich, schon seit dem Tag als ich dich das erste Mal gesehen habe, du bist alles für mich, meine Freundin, meine Vertraute, du bist die Frau an meiner Seite, ein Leben ohne dich kann und will ich mir nicht mehr vorstellen" dann kniet Ray nieder, ich greife mir mit einer Hand an den Mund. Er holt ein kleines Schmuckkästchen aus seiner Hosentasche, öffnet es, darin funkelt ein Ring. Ray greift nach meiner freien Hand und redet weiter:

„ Ich will den Rest meines Lebens mit dir verbringen, will Kinder mit dir, will eine Familie gründen, unsere Familie, will mit dir alt werden und deshalb frage ich dich Hannah willst du meine Frau werden?"

„Ja ja und ob ich das will. Ich geleite zu ihm runter, küsse ihn mit Tränen in den Augen vor Freude. Dann holt er einen Ring aus der Schachtel und streift ihn mir an den Finger. Der Ring ist so schön, schlicht mit einem kleinen Diamanten in der Mitte genau mein Geschmack. Er sieht verdammt gut aus an meinem Finger, wie für mich gemacht. Ray nimmt mein Gesicht in seine Hände und gibt mir einen innigen Kuss.

Engumschlungen stehen wir im Wohnzimmer, küssen uns, können die Finger nicht voneinander lassen. Meine Hände in seinem Haar, seine Hand auf meinem Rücken, drückt mich gegen seinen Körper, ich kann seine Erektion spüren. Er hebt mich hoch, ich umklammere mit den Beinen seinen Becken. Kurz hält er inne und sagt:

„Lass uns das in unserem Schlafzimmer fortführen, Mrs Cooper, das Essen kann warten."

Grinsend nicke ich, schmiege mich an seinen Körper, mit den Armen um seinen Hals, trägt er mich ins Schlafzimmer und kickt die Tür mit dem Fuß hinter uns zu.

Ich habe meinen Mr. Right gefunden und es ist besser wie in all meinen Büchern, denn es ist echt, ich liebe ihn und lasse ihn nicht wieder los.

ENDE

Zeitfracht Medien GmbH
Ferdinand-Jühlke-Straße 7
99095 Erfurt, Deutschland
produktsicherheit@kolibri360.de